The
Gift
of
Acabar

아가바의
선물

오그만디노 감성시리즈 선집 1
아카바의 선물

초 판 1쇄 1988년 10월 16일
　　　 4쇄 1992년 11월 22일
재편집 3쇄 2020년 7월 15일
　　　 6쇄 2024년 7월 10일

지은이 오그만디노, 버디 케이예 공저
옮긴이 이가영
펴낸이 이창식
펴낸곳 안암문화사
　　　　　　135-200 서울시 강남구 자곡로 230
　　　　　　　　　　포레APT 311동 807호
전 화 02)2238-0491
팩 스 02)2252-4334
E-mail anam2008@naver.com
등 록 1978. 5. 24. 제2-565호

ISBN   978-89-7235-053-8 03840

＊잘못 만들어진 책은 구입하신 서점에서 바꾸어 드립니다.

The
Gift
of
Acabar

오그만디노 영적감성시리즈 1

아카바의 선물

오그만디노, 버디 케이예 공저

안암문화사

이 책을 읽는 분을 위하여

이 책을 저술한 오그 만디노는 미국의 저명한 잡지 《Unlimited Success》지(誌)의 대표 겸 주필이다.

그의 저서 〈아카바의 선물〉은 1968년 첫 출간 이후 28개 국어로 번역되어 2,000만부 이상의 놀라운 판매부수를 기록한 오그 만디노 감동 시리즈의 하나다.

그의 작품은 거의가 영적인 신비로움과 소박하고 꾸밈없는 표현으로 씌어져 전세계 독자들로부터 변함없이 지금도 많은 사랑을 받고 있다.

그의 작품은 치밀하면서도 호소력이 있고 항상 새로운 세계의 문을 열어주어 독자들의 끊임없는 호기심을 유발시킨다.

이 글도 그러한 작품중의 하나로, 초등학교에 다니는, 감수성이 예민하고 희생정신이 강한 한 주인공이 캄캄한 어둠의 밤하늘을 밝히는 별과의 대화를 통해서 인간의 참다운 행복이 무엇이며, 역경과 고난을 이겨내는 인내와 용기, 그리고 어떻게 살아야 하는가를 알려주는 지혜를 가르쳐주고 있다.

　그는 인생이란 허무한 것이나 비극적인 것이 아니며 얼마든지 아름답고 멋있고 행복하게 살 수 있다고 말한다. 문제는 그렇게 살 수 있는 길을 알지 못한 데 있다고 한다.

　이 글의 주인공 툴루는 우리 주위에서 얼마든지 발견될 수 있는 인물이며, 그 툴루가 전달한 초록색 장부책 속에 들어있는 메시지는 우리 손으로 실현될 수 있는 것이다.

　아름다운 영감들로 가득한 이 책을, 마음의 문을 활짝 열고 읽어나간다면 반드시 우리들 삶에 대한 희망과 위안과 성공에 대한 자신감을 얻을 수 있을 것으로 확신한다.

옮긴이

차례

프롤로그

로물루스(로마의 신화에 나오는 인물로, 그의 숙부에 의해 자신의 쌍둥이 동생인 레무스와 함께 테레베 강에 버려져 늑대의 젖으로 자랐는데 후에 숙부와 동생을 죽이고 로마를 건설했다)와 레무스가 고대 로마를 세운 것보다도, 호머가 서사시 《일리아드》를 쓴 것보다도, 이스라엘 백성이 가나안 땅에 이른 것보다도 훨씬 더 오래 전의 옛날, 영국 땅에 거대한 돌기둥인 '스톤헨지(영국 솔즈베리 평원에 있는 석기시대 후기의 거대한 돌기둥)'가 세워진 것보다도 더 먼 옛날에, 알제리아의 동굴에 벽화가 새겨지고 커프 왕의 거대한 피라밋이 완성되기 훨씬 이전, 고대 바빌론의 왕인 느부갈 네살 왕이 교수형장을 만들고 인도에서 석가가 설법을 시작한 것보다 훨씬 더 오랜 옛날에 지금은 라프랜드(스칸디나비아 반도의 최북단 지역)라고 불려지고 있는 10만 평방 마일도 넘는 태고의 광야에서 그들은 사냥과 유랑생활을 했다.

세상 사람들은 그들을 라프 인이라고 했다. 그러나 그들은 스스로를 셈 인이라고 부른다. 그들의 수효는 현재 3만 5천 명을 넘지 못하며 노르웨이, 스웨덴, 핀란드, 그리고 러시아 등의 최북부지역 전역에 걸쳐 흩어져 있는 작은 마을의 통나무집에서 살고 있다.

그들은 이루 말할 수 없이 냉혹한 환경과 기후를 용기와 인내로써 견디어왔다.

그들은 사랑과 애정으로 가정을 돌보아왔으며, 아이들에게는 혹독한 환경에 맞서 살아가는 기술과 라프인의 자부심을 가르쳤다. 그리고 그들에게 주어진 참혹한 고통과

역경을 참아왔다.

그들에게는 자신들의 소유라고 말할 수 있는 국가가 있었던 적도 없었으며, 또한 그들은 어떠한 나라로부터도 도움을 받아들이지 않았었다.

그들의 체구는 작았으나, 그들의 마음은 한없이 넓었다. 그들의 문전에서는 어떤 나그네라도 냉대를 받지 않았으며, 그들의 집은 대문을 잠그는 경우가 없었다.

범죄나 이혼 따위의 말은 몇 종 안되는 그들의 신문지상을 통해 읽혀지거나 라디오를 통해서 들을 수가 없었고, 알려지지도 않았다.

라프인들은 8천 년 이상이나 인류의 모범이 되어왔다. 그러나 그들에 관한 얘기는 지상의 어떠한 민족에 대해서보다도 덜 알려져 있다. 영원히 알 수 없는 역사의 순환 속에서 그들이 역사의 초점이 된 순간은 오래 전에 이미 끝났음이 분명한 것 같다.

그리하여 한 옛날에, 그러나 그다지 오래되지 않은 옛날에 북극지방 멀리 북쪽의 황량하고 조그마한 라프랜드 마을에서 한 기적이 일어났다.

세상 사람들이 그 기적을 알고만 있었더라도….

제1장
예측할 수 없는 운명

밖의 어둠 속에서 고독한 늑대의 애처로운 울음소리가
메아리쳤다.

그 길게 이어지는 날카로운 울부짖음은 황량한 마을을
휩쓸고 지나가는 겨울의 첫 노풍(怒風)을 타고 칼발라 마을
의 전역에 울려 퍼졌다.

예측할 수 없는 운명

툴루 마티스는 연필을 놓고 초록색 가죽 표지로 된 장부책을 옆으로 밀어놓았다.

그는 숨을 죽이고 귀를 기울였다. 늑대가 다시 한 번 울부짖었다. 그리고 나서 얼어붙은 동토 위의 어둠속에서 한 방의 총성이 울려 퍼졌다.

안도의 한숨을 내쉬며 탁자에서 일어난 툴루는 괴로운 듯 절룩거리며, 누이동생의 작은 침실을 향해 걸어갔다. 그는 졸고 있는 스피츠(개) 닉의 옆을 지나면서 잠시 동안 발을 멈추어 닉의 짙은 회색 털을 쓰다듬어 주었다.

"닉, 너도 늙으니까 게을러지는구나. 전에는 늑대가 울면 문을 부수고 나가기라도 할 듯이 설쳐대더니…."

그는 젠느의 침대 곁으로 다가갔다. 젠느는 이불을 잔뜩 뒤집어 쓴 채 겁먹은 음성으로 말했다.

"오빠, 늑대가 우는 소리 들었어?"

"그래, 발노 삼촌이 쏜 것이 틀림없어.

삼촌이 경비를 보니까 우리 순록(馴鹿)에게는 아무런 피해도 없을 거야. 그리고 네게도 아무 일도 없을 거야. 그러니 어서 자려므나."

그가 식당의 탁자로 돌아왔을 때, 초록색 장부책은 펼쳐진 채 놓여 있었다.

툴루는 장부책을 집어들어 갓없는 전등 아래에 놓고, 열네 번째 생일에 썼던 글을 읽기 시작했다.

12월 12일

현재는 암흑 기간이다.

해가 뜨려면 아직도 2개월이나 더 있어야 한다.

그러나 설사 여름밤의 태양이 빛나고 우리의 목초지에 히드와 미역취가 온통 덮여 있다 하더라도, 이번 생일은 내 일생에서 가장 슬픈 생일이 될 것이다.

지난 1년 동안 젠느와 내가 잃어버린 것은 결코 되찾을 수가 없는 것이다.

어떠한 역경 속에서라도 노력하기만 한다면 반드시 행복의 씨앗을 발견할 수 있다고 나는 책에서 읽었던 적이 있다. 나는 노력해 보았지만 헛수고였다.

내 노력의 결과로 얻어진 것은 오히려 아픈 상처뿐이었으며, 그것은 나에게 있어서 영원히 사라지지 않을 것이다. 하지만 희망을 잃어서는 안 된다.

젠느를 위해서라도 강해져야 한다.

툴루는 천천히 장부책을 덮었다. 그는 커다란 갈색 눈에서 흘러내리는 눈물을 닦으면서, 그 탁자 위에 항상 놓여져 있는 타원형으로 금테가 둘러진 작은 사진틀 쪽으로 얼굴을 돌렸다.

그는 두 손으로 어머니의 사진을 감싸 쥐었다. 바람소리가 들려왔다. 마치 어머니의 다정한 목소리가 다시 한 번 들려오는 것 같았다.

"내 아들, 툴루야. 하느님께서는 너에게 분명 특별한 계획을 두고 계신 것이 틀림없단다. 그렇지 않다면 너의 천부적인 글솜씨를 어떻게 설명할 수 있겠니? 언젠가는 우리 민족 모두가 너를 칭송하게 될 것이며, 네가 쓴 글은 가죽책으로 만들어질 거야.

그리고 네 글 속의 진리와 아름다움은 희망의 별처럼 온 세상을 두루 밝히며 영원히 남겨질 거야."

툴루의 작은 체구가 흐느낌으로 인해 율동을 했다. 그

는 사진틀을 들어올려 그 사진틀에다 몇 번이나 입을 맞추었다.

"어머니…… 어머니…… 보고 싶어요…… 보고싶어요!"

닉이 참을 수 없다는 듯 문을 긁어대는 소리에 툴루는 자신의 깊은 슬픔 속에서 깨어났다. 습관적으로 그는 젠느가 짜준 양털 외투를 입고, 양털 모자를 쓴 후 닉을 뒤쫓아 야간 순찰을 돌기 위해 목초지로 나갔다.

눈발이 그치고 구름도 걷혀 있었다. 이제 바람은 속삭이듯 부드럽게 불고 있었다.

평상시엔 별이 총총히 박힌 군청색 하늘이었지만, 오늘따라 하늘은 여러 가지 색깔이 조각조각 모여 빛을 발하며 물결치는 듯했다.

예측할 수 없는 운명

태양처럼 밝고 강렬한 불꽃이 위를 향하여 솟구쳐 오르면서 퍼져가는 연보라색과 황금색의 분출 광채 위로 반짝이는 초록색 파편의 파도가 폭포수처럼 쏟아져내리고 있었다.

소년은 북방의 빛이 이토록 찬란하게 빛나는 것을 일찌기 본 적이 없었다. 발 아래 짓밟히는 눈마저도 반짝이는 오로라(極光)의 광채를 받아 가물거리고 있었다.

온 목초지가 루비와 에머랄드, 오팔과 다이아몬드로 가득 찬 마법의 호수처럼 느껴졌다.

툴루는 춤을 추는 광채에 홀딱 매혹되어 슬픔을 까맣게 잊어버렸다.

그는 자신의 성치 못한 무릎마저도 망각한 채 웃음을 터뜨리고 노래를 부르며 수시로 색깔이 변하는 눈더미를 헤치며 깡총깡총 뜀을 뛰었다.

툴루는 수정과도 같은 눈을 한 줌 듬뿍 손으로 떠서 닉에게 뿌렸다. 눈가루는 마치 다이아몬드의 가루처럼 반짝거렸다. 마침내 툴루는 커다란 나무 아래에 도달했다.

그는 숨을 헐떡이며 나무 밑에 쓰러졌다. 그러나 닉은 눈을 뒤집어 쓴 채 툴루에게로 다가와 다시금 춤을 시작하

자고 졸라대듯 요란스럽게 짖어댔다.

그러나 툴루는 눈 위에 드러누워 묵직한 소나무 가지의 실루엣 사이로 하늘의 불꽃, 코로나(光環)의 빛깔이 연속적으로 변하는 광채에 매혹된체 황홀경에 취한 듯 지켜보았다.

그 커다란 나무는 아주 오랜 옛날부터 그 마을의 경계 표시가 되어 왔었다.

겨울이면 어둠과 혹독한 영하의 날이 오랫동안 계속되고 여름은 짧기 때문에, 키가 작은 잡초와 말라비틀어진 자작나무, 작달막한 가문비나무와 참나무들이 자라는 그 척박한 땅에서도 그 나무의 줄기는 15미터 이상이나 높이 우뚝 솟아 있었다.

그 나무의 잎은 길고 푸르렀으며, 그 가지는 끊임없이 불어나고 성장하여 마치 그 뿌리가 멀고 먼 비옥한 열대 삼림지의 흙에서 영양을 섭취하고 있는 것이 아닐까 하는 생각마저 들게 할 정도였다.

어떤 사람들은 그 나무가 수 백년 전에 셈인의 전설상의 영웅인 스탈로가 심은 것이라고 말했다. 지면에서 가까운

예측할 수 없는 운명

그 나무 줄기의 일부는 그 나무를 만지면 행운이 온다고 믿었던 사람들의 손길로 인해 껍질이 벗겨져 있었다.

젠느는 그 나무를 자기의 별 나무라고 불렀으며, 순진하게도 커다란 나뭇가지에 진짜 별들이 마치 과일처럼 매달려 있다고 주장했다.

그리고 실제로 젠느의 키 높이에서 보면 정말 그렇게 보이기도 했기 때문에 아무도 젠느를 비웃지 않았다.

툴루는 갑자기 몸을 일으키고 앉아서 거칠은 나무에다 등을 기대었다. 북쪽의 하늘이 온갖 빛깔로 회오리치면서 계속 변해 가는 모습을 보고 있으려니 이상한 생각이 떠오르는 것이었다.

"닉, 현명했던 우리 조상들, 북을 치며 주문을 외어 우리 민족을 보호했던 마법사들이 북쪽의 빛을 향하여 휘파람을 불면 죽은 사람의 영혼도 불러낼 수 있다고 한 말이 사실이라고 생각하니?"

어린 주인과 같이 더 장난을 치고 싶은 듯이 닉은 낑낑거렸다.

"알 수 없어… 알 수 없어…."

툴루는 부드럽게 휘파람을 불기 시작했다. 젠느가 아직

아카바의 선물

도 나무로 만든 구유에 있었을 때, 어머니가 자주 불러주
곤 했던 자장가였다.

그는 작은 손을 나팔 모양으로 입에 갖다 대고 반짝이는
광채 중에서도 가장 밝게 빛나는 별을 향하여 길게 휘파람
소리를 날려 보냈다.

그리고 나서 그는 눈을 감았다. 자장가의 서글픈 멜로
디가 한들거리는 솔잎 사이를 뚫고 끝없이 하늘로 퍼져
나갔다.

생각은 시간을 통과해 뒤로 움직여 그의 짧은 과거에 있
었던 사건들을 연상케 해주었다.

별 나무 아래에 앉아 하늘을 바라보며 휘파람을 불고 있
었지만, 그의 운명은 전혀 예측할 수 없는 방향으로 흘러
가고 있었다.

예측할 수 없는 운명

제 2 장
호기심 많은 소년

페달 마티스는 그의 아들이 걸음마를 떼기가 무섭게 아들을 위하여 작은 스키 한 벌을 만들어주었다.

다른 모든 라프 아이들처럼 툴루는 나무 스키를 타는 법에 곧 익숙해졌고, 세 살이 채 되기도 전에 이미 마을의 라베그 씨의 상점까지 스키를 타고 갔다가 누구의 도움도 없이 혼자 집으로 돌아올 수 있을 만큼 스키를 잘 타게 되었다.

다섯 살이 되자, 툴루는 가장 사나운 순록의 목에도 밧줄을 옭아맬 수 있을 만큼 밧줄 올가미를 능숙하게 잘 다룰 수 있게 되었다.

페달은 또 툴루에게 얼음을 깨고 고기를 잡는 방법과, 손칼을 사용하고 순록 고기를 저장하는 방법, 순록 가죽을 처리하는 방법, 순록의 힘줄을 잘라서 실을 만드는 방법, 그리고 여름용 천막을 치는 방법을 가르쳤다.

툴루가 좀 더 나이가 들자, 페달은 툴루에게 바닥이 편편한 썰매를 조종하는 기술과, 그들이 가장 증오하는 늑대를 추적하는 방법, 그리고 그 늑대로부터 그들의 순록을 보호하기 위하여 스키 지팡이를 사용하는 방법 등을 가르쳐 주었다.

셈 민족의 관습을 아직도 자랑스럽게 실행하며 지켜 나가고 있는 페달과 그의 아내 잉가 마티스에게는 순록이야 말로 그들이 살아나가는 데 있어서 가장 중요한 존재였다.

완전히 자란다 하더라도 4피트를 넘지 못하는 키에, 무게도 300파운드 이상이 못 되었고 겁이 많았지만, 이 놀라운 짐승은 어떠한 가축도 견뎌내지 못하고 죽고 마는 이런 열악한 조건의 기후를 이겨낼 수가 있었던 것이다.

마티스 가(家)의 순록떼는 약 200마리 정도로서 그들 일가에게 밀크와 고기와 의복을, 그리고 매년 가을마다 한 차례씩 있는 라운드업(방목했던 짐승들을 한곳에 몰아 모으는 것)을 통해 일부분을 팔아 넘김으로써 돈까지도 제공해주는 것이다.

순록에게서는 아무것도 버릴 것이 없었다. 즉 혓바닥은 국을 끓여 먹었고, 피는 말려서 개에게 주었으며, 뼈의 골수는 이빨이 나기 시작하는 어린 아이들을 위한 영양제가 되었고, 뿔은 칼로 깎아 칼자루나 장식품을 만드는 데 이용되었다.

세월은 쏜살같이 지나갔다. 그동안 마티스 가는 지나칠 정도로 운이 좋았다.

매년 여름이 되면 그들은 가축을 몰고 그들의 칼발라 마을을 떠나 여러 날이 걸리는 여행을 했는데, 목초가 무성하고 한밤의 태양을 받아 따사로운 산기슭으로 이동해 거기에서 천막을 쳤다.

순록들은 많은 새끼들을 낳았다. 세월이 흘러 갈수록 그들의 가축의 수효도, 그들의 행복한 추억도 늘어가기만 했다.

그러나 툴루가 가장 소중히 여기는 추억은 해가 지지 않는 날들의 방목지의 생활이 아니라 태양이 2개월 이상이나 모습을 감추는, 아버지와 함께 순록떼를 보호하고, 모피를 채집하며, 칼발라에 있는 그들의 오두막집에서 지내는 겨울철 어두컴컴한 날들의 추억이었다.

거센 바람과 혹독한 강추위를 피하기 위해 툴루는 아버지와 함께 눈 속 깊숙이 구덩이를 파고 들어가 앉아 작은 모닥불을 피워 따끈한 커피를 끓여 마시곤 했다.

그러면 아버지는 툴루가 설탕 덩어리를 이빨 사이에 문 채로 뜨거운 커피를 마시는 것을 흉내내 보려하는 것을 재미있다는 듯이 쳐다보곤 했다.

다른 일도 그랬듯이 툴루는 대단히 어려운 셈 민족의 풍습을 금방 몸에 익혔다.

어느 조용한 밤에, 툴루는 아버지의 넓적다리를 베고 누워 있었다. 순록떼는 계속해서 눈더미를 파헤치며 그들이 즐겨먹는 이끼를 찾고 있었다. 하늘의 별을 쳐다보면서 툴루는 아버지에게 물었다.

"아버지, 하늘에는 별이 몇 개나 있나요?"

"모르겠구나, 툴루야. 아마 수 백만 개가 있을 거야. 가장 빠른 독수리가 평생을 날아가도 도착할 수 없을 만큼 멀리에 있단다."

"별은 얼마큼 큰가요?"

"정말 아는 것이 많으셨던 너희 할아버지께서는 내게 우리의 태양이 이 지구의 백 배도 넘게 크지만, 하늘의 저 많은 별들 중에는 태양보다도 훨씬 더 커다란 별들이 있다고 말씀하셨단다."

"아버지, 왜 우리 태양은 겨울만 되면 사라져서 우리를 이토록 오랫동안 암흑 속에서 살게 만들까요? 그리고 왜 여름이 되면 돌아와 밤낮으로 우리를 밝혀 주나요?"

페달은 힘없이 고개를 가로저었다.

"툴루야 내가 너만 했을 때 이 곳에는 학교가 없었단다. 너에게 어떻게 이해 시켜야 좋을지 모르겠구나. 하지만 내 생각으로는 그런 현상은 우리 지구가 매년 일정한 기간이 되면 태양에 가까워 졌다가 멀어졌다 하는 것, 그리고 우리가 사는 곳이 지구의 맨 꼭대기 부근에 있는 것과 관계

호기심 많은 소년

가 있는 것 같구나."

페달은 손을 내밀어 틀루의 얼굴을 부드럽게 어루만져 주었다.

"너희 어머니는 우리가 세상의 맨 위에서 살고 있다는 것, 즉 하나님과 가장 가까운 곳에서 사는 것에 비하면 어둠과 추위 속에서 보내야 하는 몇 개월은 대수롭지 않은 희생이라고 말했단다."

"알고 있어요. 하지만 아버지, 만일 어느 겨울날에 태양이 사라져서 봄이 왔는데도 다시 나타나지 않는다면 우리는 어떻게 해요?"

페달은 파이프에 천천히 담배를 재워넣었다. 그는 여러 개비의 성냥을 버리고서야 비로소 파이프에 불을 붙일 수가 있었다. 매콤한 연기를 길게 빨아들이면서 페달은 대답했다.

"만일 태양이 돌아오지 않는다면, 아마 우리는 얼마 안 가서 죽게 될 거야."

"왜요?"

"어둠 속에서는 어떠한 식물도 자랄 수가 없고, 목초와 갈대와 이끼가 없으면 순록들이 모두 굶어 죽을거야. 그리고 순록이 없다면 우리는 음식도, 의복도, 돈도 얻을 수가 없단다. 순록을 키워 살아가는 지방의 사람들은 생활을 계속하지 못하게 되는 것이지."

아버지가 한 얘기를 곰곰이 생각해보고 나서 틀루는 또 다시 물었다.

"하느님께서는 원하시면 봄에 태양이 우리에게 돌아오는 것을 멈추게 하실 수 있나요?"

"하느님께서는 무슨 일이든 다 하실 수 있단다, 틀루야."

다시 잠시 침묵이 흘렀다.

"아버지, 방금 별 한 개가 하늘을 가로지르며 사라지는

호기심 많은 소년

것을 보았어요. 그런 별들은 매우 작은 별인가요?"

"아마 그럴 거야."

"그것이 작은 별이라면 우리가 관찰하고 만져볼 수 있게 땅에도 떨어지나요?"

페달은 한숨을 내쉬었다.

"모르겠구나, 툴루야."

"아버지, 더 많은 것을 알고 싶어요. 별들에 대해서… 태양에 대해서… 그리고 하느님에 대해서… 모든 것에 대해서 말이에요."

다음 날 아침 페달은 식탁 위로 손을 내밀어 아내의 두 손을 꼭 쥐었다. 툴루는 아직도 잠자리에 들어있었다.

남편이 아침 식사를 하면서 평상시와는 다르게 말이 없는 것을 이상스럽게 생각하고 있던 잉가는 고개를 갸우뚱하면서 남편의 말을 기다렸다.

"여보, 툴루가 너무 총명한 것인지, 아니면 내가 너무 무식한 것인지 모르겠소. 어쨌든 툴루는 벌써부터 나로서는 대답할 수 없는 질문을 하고 있으니 말이오.

계획대로라면 내년 가을 정도에 학교를 보내야 하겠지

만, 그때까지 꼭 기다릴 필요가 없다고 생각하오. 당장 툴루를 입학시킵시다."

"당신 생각이 그러시다면 그렇게 하세요. 하지만 당신과 툴루는 너무도 가까와요. 서로 떨어져 있는 것이 그리 쉽지 않을 거예요."

"할 수 없는 일이지. 우리가 사는 이 세계는 항상 변화하고 있고. 방목지는 갈수록 줄어들고 있고, 더이상 북쪽으로 이동할 수도 없게 되었소. 차가운 바닷물 속으로라도 들어가지 않는다면 말이오.

새로운 도로가 세워지고 관광객들이 몰려오고 있으며 여기서 멀지 않은 곳에까지 이미 공장, 광구, 발전소들이 진출해 있소. 앞으로 우리는 기름 등잔 대신에 전기를 사용하게 될 것이고, 우리 머리 위로는 매일 비행기가 수 없이 날아다닐 것이오.

어제는 눈자동차(雪上車)라는 것에 대한 이야기를 들었는데, 순록이나 스키를 타는 사람보다 더 빨리 눈 위를 달릴 수가 있다더군.

어쩔 수 없이 닥치게 될텐데… 이러한 새로운 생활 방식에 대응해 나갈 수 있으려면, 툴루는 가능한 한 빨리 교육

호기심 많은 소년

을 받아야 할거요.”

"당신은?"

"나는 절대로 변하지 않을 거요. 나는 죽는 날까지 순록
치기로 살아갈 것이오.”

"하지만 혼자는 아니예요.”

"무슨 뜻이지?”

잉가는 일어나서 그릇을 정리하기 시작했다. 그러더니
얼굴을 찡그린 채 앉아있는 남편에게로 몸을 숙여 엄지와
검지로 남편의 코를 살며시 쥐더니 비틀었다.

"무슨 의미냐 하면 툴루가 학교에 가 있는 동안 당신 뒤
를 따라 다닐 귀여운 꼬마를 이제 곧 또하나 얻게 될 것이
라는 뜻이에요.”

제3장

꿈을 실은 연

　칼발라 마을의 젊은 교장 아롤 노비스는 기껏해야 5피트를 넘지 못하는 대부분의 라프인들에 비해서 1피트나 키가 더 컸다.

　그는 벽난로 앞에서 호리호리한 몸을 쭉 편 채 서있었다. 페달과 잉가는 정중한 태도로 말없이 그 앞에 앉아 있었다.

"제가 온 것은 두 분에게 툴루에 대해서 이야기를 나누기 위해서입니다."

페달은 입에서 파이프를 빼냈다.

"그 아이 때문에 속상한 일이라도 있으신가요?"

"천만에요. 툴루는 공손하고 예의가 바르기 때문에 가르치기에 아무런 힘도 들지 않습니다. 그 아이 생각은…."

페달이 갑자기 말을 가로막았다.

"생각이라뇨? 혹시 그 애가 잘못된 생각이라도 한단 말입니까?"

"그런 일은 전혀 없습니다, 아버님. 대학에서 우리는 학생이 한 가지라도 궁금한 생각을 갖고 있다면, 결코 그 학생을 실망시켜서는 안 된다고 배웠습니다.

그런데 툴루는 알고 싶어하는 뚜렷한 질문을 수 없이 지니고 있어요! 댁의 아드님처럼 다른 동료 학생들에 비할 수 없을 만큼 우수한 학생은 전에 가르쳐 본 적이 없습니다. 툴루에게는 한 과목을 한 번만 읽어주면 그것으로 충분합니다.

그리고 그 학생의 질문은 정말 놀랍습니다. 툴루는 항상 모든 것에 대해 설명을 요구합니다. 왜? 왜? 왜? 그것이 그 애가 가장 좋아하는 단어랍니다. 그 애는 벌써 우리 학교 도서관에 있는 책을 모두 읽어버렸습니다.

지금은 그 책들을 다시 읽어나가고 있지요. 심지어는 성경을 세 번씩이나 읽었다니까요! 정말 그런 아이는 난생 처음입니다."

페달은 아내의 입을 쳐다보며 고개를 끄덕였다. 툴루를 일찍 학교에 보내야 한다는 자신의 판단이 옳았다는 것이 교장선생님의 말로 확인되자 은근히 기뻤던 것이다.

이제 아롤 교장은 손을 흔들면서 이리 저리 방 안을 서성이고 있었다.

"그것뿐만이 아닙니다. 툴루는 벌써 셈 어(語) 읽기와 쓰기를 통달했습니다. 그래서 저에게 핀란드 어와 스웨덴 어를 가르쳐 달라고 한답니다.

아버님, 핀란드 어와 스웨덴 어는 열살이 되기 전에는 배우지 않는 과목입니다. 그렇지만 툴루는 저에게 셈 어로 쓰여진 책은 그다지 많지가 않으므로 알고 싶은 것을 전부 배울 수가 없다고 말했습니다.

불행하게도 그 애의 말은 사실입니다. 아뭏든 그 애는

꿈을 실은 연

너무나… 너무나 총명합니다. 대부분의 아이들은 단지 억지로 학교를 다니고 있습니다. 스키를 타거나 낚시를 하거나 사냥하는 것을 훨씬 더 좋아하고 있습니다. 그리고 놀랍게도 그 애의 글과 시도 또한…."

지금까지 침묵을 지키고 있던 잉가가 입을 열었다.

"글…? 시…?"

"툴루는 시를 짓고 소설을 쓴답니다. 여태껏 저희 학교의 학생들이 썼던 것 가운데 가장 훌륭한 글이었습니다. 그 애는 아주 단순한 자연현상 한 가지에서도 이야기를 끌어낼 수 있는 자질을 지니고 있습니다.

그 애의 글이 잘 다듬어지기만 한다면, 우리 마을의 전설이나 민담이 오히려 빛을 잃을 정도입니다. 이대로 계속 나아간다면 언젠가는 툴루는 훌륭한 작가가 될 것입니다. 우리 민족으로서는 보기 드문…."

페달은 이제는 더이상 자기 만족을 느끼진 못할 것 같았다. 그는 당황한 듯 고개를 저었다.

"교장 선생님, 이런 경우에 우리는 무엇을 어떻게 해야 할까요?"

"부모님들께서 하실 일은 오직 한 가지 뿐입니다. 나무에 물을 주는 것이며, 비료를 주는 것이지요. 가능한 한 최대한으로 성장할 수 있도록 돌보아주고 사랑해주고 도와주는 것이지요."

"어떻게?

교장 선생님은 우리를 잘 아시지 않습니까? 우리에게는 얼마 안 되는 순록밖에는 없으며, 저와 아내는 거의 무식쟁이가 아닙니까?"

"책입니다, 아버님. 책이요! 순록이 겨울을 지내려면 먹이가 있어야 하는 것과 마찬가지로 비상한 두뇌를 소유한 사람에게는 양식이라고 할 수 있는 책이 필요한 것입니다.

툴루에게는 책을 주어야 합니다. 더 많은 책을 말입니다. 원하신다면 로바니에미와 헬싱키에 있는 출판사에서 우리 학교로 보내주는 도서목록을 살펴서 권장할 만한 책들의 목록을 작성해드리겠습니다.

부모님께서 툴루에게 책을 사주실 의향이 있으시다면 제가 대신 책을 주문해 드리겠습니다. 그렇게 한다면 툴루는 마음껏 읽고 배울 수가 있을 것입니다.

툴루는 정말 뛰어난 아이입니다. 아… 깜빡 잊을 뻔했군요. 한가지 더 말씀드릴 것이 있습니다."

"더 있다구요?"

페달은 큰 소리로 웃음보를 터뜨렸다.

"교장 선생님께서는 우리 아이가 대단한 아이라고 말씀하셨는데 그 이상 무엇이 또 있다는 말씀입니까?"

아롤은 미소를 머금었다.

"아버님께서는 연을 날려보신 적이 있으십니까?"

"연? 연이요? 연을 날릴 시간이 어디 있었겠습니까? 저는 평생껏 연을 구경한 일도 없었습니다."

"그렇다면 앞으로는 연을 수 없이 보게 될 것입니다."

페달은 잉가에게로 몸을 돌리면서 벽난로 쪽을 가리키며 말했다.

아카바의 선물

"여보, 우리 교장 선생님에게 커피를 한 잔 더 드려야 하겠소. 어지러우신 모양이구려. 마흔 명이나 되는 학생들을 지도하시느라 몹시 피곤해지신 것 같기도 하구. 방학이 되려면 아직도 두 달이나 남았는데…."

"아버님, 그런 게 아닙니다! 툴루는 17세기에 어느 선교사가 영서(英書)를 번역해 낸 낡은 책을 한 권 발견했지요. 연의 역사와 연을 만들어 날리는 방법이 자세히 기록되어 있는 책입니다.

툴루는 직접 연을 만들어 날리겠다는 생각에 빠져있습니다. 지금도 툴루는 학교에서 그 책에 기록되어 있는 방법에 따라 연을 만들고 있지요. 다른 것들도 있지만 툴루는 또한 연에 대해서는 전문가 못지않게 되어 있습니다.

그 애는 중국에서 연이 최초로 날려졌다는 사실을 알고 있으며, 일본에서 만들어졌던 1톤 이상의 무게가 나가는 거대한 연들이 어떻게 하늘로 띄워 올려졌는지를 알고 있습니다.

그리고 그는 미국의 벤지만 프랭클린이 벼락에 대한 연구를 하기 위해 연을 날렸다는 것에 관해서도 상세히 알고 있습니다."

"그러니까 우리 아들이 순록을 치는 것보다는 시나 소설을 쓰고 연을 날리는 것을 더 좋아하고 있다는 말씀입니까? 교장 선생님!"

"예, 그렇습니다."

페달은 자리에서 일어나 벽난로 벽에 파이프를 힘껏 두드려서 파이프 속의 담뱃재를 불 속에 털어넣었다. 그는 탁탁 소리를 내며 불타고 있는 통나무들을 물끄러미 바라보았다. 잉가와 아롤은 말없이 그를 응시하고 있었다.

마침내 페달은 어깨를 으쓱해 보이며 말문을 열었다.

"잘 알겠습니다. 우리의 이 보잘것 없는 정원에 싹튼 놀라운 꽃나무에 열심히 물을 주도록 하겠습니다. 교장 선생님, 그 아이가 읽어야 한다고 생각되는 책이라면 무엇이든 주문해주십시오. 대금은 얼마든지 치르겠습니다."

"감사합니다, 아버님."

"아니, 천만의 말씀입니다. 우리 아이에게 그토록 정성과 관심을 쏟아주시다니 감사를 드려야 할 쪽은 오히려 저와 제 아내입니다. 진심으로 감사드립니다. 교장 선생님이 계셔서 우리는 얼마나 다행스러운 일인지 모르겠습니다."

"아버님, 교사로서 천부적인 재능을 지닌 학생을 가르

칠 수 있는 기회를 갖는 일은 그리 흔한 일이 아닙니다. 확실히 무엇인지는 모르겠지만, 하느님께서 툴루를 우리에게 보내셨을 때에는 어떤 목적이 있었을 것입니다.

우리는 툴루와 하느님을 실망시켜서는 안 됩니다."

교장 선생님이 돌아간 후에도 페달 부부는 오랫동안 그가 떠나면서 한 말의 의미를 곰곰이 생각해보고 있었다.

봄이 돌아오고 순록이 북쪽으로 이동하게 되자, 잉가는 다시 한 번 선두 썰매를 타게 되었다. 페달은 그에 앞서 스키를 타고 갔으며, 갓 태어난 그녀의 딸 젠느는 그녀에게 포근히 안겨져 색색거리며 자고 있었다.

잉가의 썰매 뒤에는 책이 들어있는 상자로 가득 찬 툴루의 썰매가 뒤따르고 있었다. 여름 내내 시간이 생기면 툴루는 책을 읽고 공부를 하고 글을 썼다.

책을 보거나 글을 쓰지 않을 때에는 그는 바위투성이인 산등성이에 올라 실을 잔뜩 감은 버드나무 가지를 단단히 쥐고서 연을 날렸다.

연이 맑은 하늘로 높이높이 떠 올라가면서 연줄은 공중에서 노래를 부르듯이 윙윙 소리를 냈다. 연줄 끝에는 자그마한 붉은색 연이 매달려 있었다. 툴루는 호기심 가득찬 눈으로 자신의 연이 눈부신 햇빛을 받으며 허공에서 회전과 곡예를 계속하는 것을 지켜보았다.

하늘 높이 솟아오른 진홍빛의 마름모꼴 연은 때로는 싸움을 하는 용처럼, 때로는 하늘을 날아가는 거대한 나비처럼 심지어는 창공을 유유히 헤엄쳐 가는 백조와 같이도 보였다.

그리고 마침내 연은 변덕스러운 하강 기류에 휘말려 있는 일엽편주처럼 또는 마치 공격을 하는 독수리처럼 곧바로 지상을 향해 곤두박질을 치며 땅에 부딪치는 것이었다.

그럴 때면 툴루는 괴로운 듯 비명소리를 내지르며 추락한 자신의 천사를 주우러 들판을 가로질러 뛰어갔다.

그는 집어든 연을 연약한 자기의 가슴에 끌어안은 채 연을 바라보며 위로의 말을 속삭여 주곤 했다.

그리고 나서 그는 연을 천막으로 가지고 가서 부서진 곳을 수리하곤 했다.

이제 내일이 되면 그 연은 또다시 하늘로 높이 높이 날아오를 것이었다.

제 4 장
운명의 서막

잉가는 염려스러운 표정으로 남편의 곁으로 다가섰다.
겁먹은 순록떼가 가운데로 우루루 몰려들고 있었다.

잉가는 남편의 옷자락을 잡아당기며 몇 발자국 떨어진
곳에 서 있는 툴루에게 들리지 않게 작은 목소리로 남편에
게 속삭였다.

"튤루가 이 일을 해낼 수 있을까요?"

지난 4년 동안 마티스 집안에는 기쁨과 웃음이 충만해 있었다.

그리고 매년 가을 순록을 치는 모든 가구가 참여하는 축제와도 같은 라운드업이 시작되면 그 기쁨과 웃음의 분위기는 절정의 상태가 되는 것이었다.

페달은 고개를 돌려 튤루가 연습삼아 올가미 밧줄을 던져보는 것을 지켜보았다. 페달은 자신있게 고개를 끄덕였다.

"저 앤 벌써 열 세 살이오. 나는 훨씬 어렸을 때부터 라운드업에서 일을 했다오."

"그건 알고 있어요. 그렇지만 당신이 어렸을 당시에는 순록이 당신 생활의 전부였어요.

그런데 튤루는 순록보다는 책과 글짓기를 하는 데 훨씬 더 많은 시간을 보내고 있잖아요."

"그렇긴 해. 그리고 저 앤 올가미 밧줄보다는 연줄을 훨씬 더 잘 다루지. 하지만 그렇다고 하더라도 저 애가 나를 돕겠다는데 내가 거절할 수는 없지 않소.

다른 아이들이 아버지와 함께 일하는데 우리가 저 애의

자존심을 깎이게 한다면 틀루는 몹시 괴로워할 거요."

"당신은 다른 애들이 틀루에게 뭐라고 놀리는지 아세요?"

"글쎄…."

"연치는 아이래요! 우리 아이를 '연치는 아이'라고 부르고 있단 말이예요.

발노 삼촌의 큰 애인 에르키까지도 틀루에게 네 올가미 밧줄에는 왜 꼬리가 안 달렸느냐고 놀리기도 한대요.

그리고 라이모 씨의 두 아이는 틀루에게 밧줄대신 책으로 순록을 읽아맬 수 있느냐고 놀린다는 거예요.

전 우리 아이가 그런 말을 듣는 게 싫어요, 여보."

"그래서 틀루는 뭐라고 말했대?"

"아무 말도 하지 않았대요. 그저 싱긋이 웃기만 했대요."

페달의 입가가 굳어졌다.

"알겠소. 틀루가 어떤 애인지 머지 않아 그 애들도 알게 될거요. 준비가 다 되었소? 지금 몰려온 순록떼에 우리 것이 몇 마리 섞여있던데…."

근심 걱정이 없는 여름 동안이면 순록들은 마음대로 몰

려다니면서 다른 마을에서 온 순록떼와 자유로이 뒤섞여 풀을 뜯었다. 그래서 각 가정에서는 산기슭의 순록들을 한 곳에 모아두는 일 외에도 자기네 순록을 가려내야만 했다.

그런 후에는 겨울을 보내기 위해 칼발라로 돌아가는 긴 여행이 또다시 시작되는 것이었다.

잉가는 그들의 몫으로 지정된 작은 울타리 앞으로 가서 기다리며 서 있었다.

페달과 툴루는 울타리 담장을 기어올라가 중간 지점에 있는 우리안의 바닥으로 뛰어내렸다. 우리 안에서 먼지가 뽀얗게 피어올랐다.

그들은 울타리의 널판지에 딱 붙어서서 겁먹은 순록떼가 우레와 같은 발굽소리를 내며 몰려 지나가는 것을 지켜보았다.

순록들은 무섭게 뿔을 휘둘러댔으며, 날카로운 발굽에 채어 모래와 자갈이 사방으로 튕겨 날아가고 있었다.

갑자기 페달이 외쳐댔다.

"저기 우리 것이 한 마리 있다! 툴루, 저놈을 잡아라!"

툴루는 큼직한 숫놈의 귀에 자기 집의 표지가 찍혀 있음을 확인했다. 그는 침착한 태도로 올가미 밧줄을 머리 위로 들어올려 돌리기 시작했다. 콧김을 내뿜으며 순록이 가까이 접근해 왔다.

툴루가 팔목을 젖히는 것과 동시에 밧줄은 휘파람소리를 내며 공중을 가로질러 뿔을 휘두르고 있는 순록의 머리 위로 살며시 떨어졌다.

순록은 뒷걸음질을 치며 밧줄을 잡아 당겼다. 자칫하면 툴루가 끌려갈 지경이었다. 그러나 곧 그 순록은 저항을 그만두고 순순히 툴루에게로 끌려왔다. 툴루는 기쁨에 넘친 표정을 지으며 밧줄을 감았다.

페달은 대견스러운 듯이 아들의 어깨를 두드려 주었고, 툴루는 눈짓으로 아버지의 칭찬에 응답을 하였다. 툴루는 잡은 순록을 그들의 우리로 끌고 갔다.

어머니가 우리 문을 열어주었다.

"정말 잘했다, 툴루!"

어머니가 큰 소리로 외쳤다.

"고마와요, 어머니. 더 많이 잡아올께요."

올가미 작업과 분류 작업은 온종일 계속되었다. 페달 부자는 잠시 동안 식사를 하는 시간만 제외하고는 한 시도 쉬지 않고 열심히 일을 했다.

운명의 서막

그들이 자기네의 암컷 순록에 밧줄을 옭아매면 새로 태어난 순록 새끼는 어미의 뒤를 좇아 저절로 잡혀지곤 했다. 페달이 새끼 순록을 조심스럽게 붙잡으면, 틀루는 새끼 순록의 왼쪽 귀에다 마티스 가의 표지를 찍어넣곤 했다.

그리고 나서 틀루는 다리가 긴 새끼 순록의 등을 부드럽게 쓰다듬어 준 뒤 그들의 우리로 끌고 가는 것이었다.

해질 무렵이 되어서야 마지막 순록떼가 가운데 우리로 몰려들어왔다. 각 가정에서 피워놓은 모닥불의 연기와 우리에서 피어오르는 모래먼지 속에서 올가미 밧줄들은 순록떼를 향해 사방으로부터 날아 들어왔다.

사람들은 해가 져서 너무 어두워지기 전에 남은 순록을 몰아들이기 위해 바삐 움직이고 있었다.

페달은 피곤한 모습을 한 채 아들의 옆구리를 쿡 찔렀다.

"뿔이 부러진 성질 사나운 우리 괴물이 저기 있구나. 저놈은 내가 잡겠다."

틀루는 아버지에게 간청을 했다.

"아니에요, 아버지! 저놈은 제가 잡겠어요. 오늘 저는 순한 놈만 상대했잖아요. 제가 하는 걸 지켜보세요! 멋지게 해치울테니까요! 저도 다른 아이들만큼 할 수 있단 말이에요. 자, 두고 보세요!"

페달은 내키지 않은 마음으로 물러섰다. 그러나 그의 입가에는 아들이 대견한 듯 미소가 어려 있었다. 그는 고개를 끄덕였다.

틀루는 밧줄을 움켜쥔 채 기다렸다. 모래먼지 사이로 뿔이 부러진 순록의 모습이 보였다. 순록은 머리를 까불거리며, 눈을 크게 치켜 뜨고서 담장 쪽을 향해 다가오고 있었다.

툴루는 노련한 투우사처럼 차분한 태도로 한 걸음 뒤로 물러섰다. 그는 밧줄을 머리 위로 올려 던졌다. 올가미는 콧김을 내뿜고 있는 순록의 머리 위로 살며시 떨어졌다.

툴루가 밧줄을 막 끌어당기는 순간 어미를 찾지 못해 헤매고 있던 한 마리의 새끼 순록이 툴루의 다리 사이로 지나갔다. 몸의 균형을 잃은 툴루는 왼쪽 팔목에 묶인 밧줄에 끌려 바닥에 엎어졌다.

올가미에 묶여있던 성질 사나운 그 괴물은 갑자기 방향을 바꾸어, 우글거리는 순록떼 한가운데로 툴루를 질질 끌고 달려가기 시작했다.

툴루는 아버지의 날카로운 비명소리를 들었다. 다음 순간 마찰에 의해 털실로 짠 그의 셔츠 소매가 떨어져 나갔고, 툴루는 팔에 심한 통증을 느꼈다.

묶인 순록이 올가미에서 벗어나기 위하여 필사적으로 머리를 마구 흔들어 댐에 따라 툴루의 작은 몸도 땅바닥 위를 마구 뒹굴게 되었다.

페달은 그의 아들을 향해 달려갔다. 그리고 탁 소리를 내며 밧줄이 끊어졌다. 그 순간 페달은 몸을 날려 자신의 몸으로 피투성이인 툴루의 몸을 덮었다.

돌덩이처럼 단단한 수십 개의 발굽이 그들의 몸 위를 짓밟고 지나갔다.

다음 날 아침 발노 삼촌은 고통스러워 하는 툴루를 그의 썰매로 안고 가서 조카의 오른쪽 다리를 치료해주고 나서, 툴루의 오른쪽 다리에 임시로 댄 부목에 모포를 여러 겹으로 받쳐주었다.

그는 한줄로 된 가죽고삐를 툴루의 손에 쥐어주고 마구를 잉가가 앉아있는 두 번째 썰매에 연결시켰다.

잉가는 젠느를 앞에 앉히고서 머리를 숙인 채로 있었다. 맨 끝의 두 썰매에 고삐 연결을 마친 발노는 선두 순록에게 가볍게 채찍질을 했다.

오른손으로 채찍을 살짝 쥔 채 툴루는 꼼짝하지 않고 앉아 있었다. 눈물이 뺨 위로 흘러내렸지만 그는 아랑곳하지 않았다. 그는 썰매 위에서 몸을 돌려 그의 어머니에게 고개를 끄덕여 보였다.

젠느는 세 번째 썰매에 정성스럽게 싼 아버지의 시체가 실려있다는 것도 알지 못한 채 신바람이 나서 손을 흔들며 툴루의 이름을 외치고 있었다.

운명의 서막

제 5 장
사랑의 묘약

눈을 뜬 틀루는 어머니가 그의 왼쪽 다리에 부드럽게 기름을 바르고 있는 모습을 엿볼 수가 있었다. 그러나 그는 어머니의 손길을 느낄 수는 없었다.

그녀는 심한 상처로 피부색이 상하여 변색한 아들의 무릎을 맛사지해주면서, 아들이 잠에서 깨어났다는 것을 알아차리지 못했다. 그것은 크리스마스 직전에 말리 의사가 기브스를 뜯어낸 후에는 하루에 두 번씩 기름 맛사지를 하라고 처방한 물리요법이었다.

잉가는 부드러운 목소리를 높여 이렇게 말하였다.

"사랑하는 하느님, 이 아이는 너무도 작고 당신은 너무도 크십니다. 이 아이는 너무도 연약하고 당신은 너무도 강하십니다. 아직 이 아이를 버리지 마옵소서! 하느님, 이 아이를 다시 걷게 하옵소서… 아멘."

틀루는 차가운 어떤 것이 그의 무릎에 와 닿는 것을 느꼈다. 한 번… 두 번… 세 번… 어머니는 울고 있었다. 어머니의 눈물이 마치 봄눈이 녹아 흘러내리듯, 그의 비틀어진 종아리뼈 위로 떨어지고 있었다.

"어머니, 느낄 수가 있어요! 어머니의 눈물이 느껴져요! 이젠 어머니의 손길도 느낄 수가 있어요! 그러니 제발 울지 마세요!"

"정말이냐? 틀루, 정말? 오, 하느님! 감사합니다."

"정말이에요? 자, 보세요. 발가락도 조금은 움직일 수가 있잖아요!"

잉가는 무릎을 꿇고 툴루의 상처난 다리에 입을 맞추었다.

"이제 곧 옛날처럼 걷고 뛰어다닐 수 있을 거야. 틀림없어! 암, 그렇구 말구!"

잠시 후에 잉가가 툴루에게 먹을 것을 가지고 왔을 때, 툴루의 얼굴에는 이상한 표정이 깃들어 있었다. 그녀는 쟁반을 내려놓고 물었다.

"왜 그러니, 툴루?"

"어머니, 하느님께 도와달라고 기도를 하시면서 어머니는 하느님께서 어머니의 기도를 들으신다고 생각하시나요?"

"물론이지! 하느님께서는 누구의 기도든지 다 들을 수 있으시단다. 소리를 내서 하든지, 마음 속으로 하든지 간에 말이야."

"하느님께서는 어머니에게 대답도 하시나요?"

"언제나 그러시지. 오늘 있었던 일을 회상해 보렴."

"하느님께서는 언제나 어머니가 하느님께 간청하는 대로 해주신단 말인가요?"

"아니… 그렇지는 않단다."

툴루는 알 수 없다는 듯한 표정을 지었다.

"그렇다면 하느님께서 항상 대답해주시지 않으신다는 말씀인가요?"

잉가는 눈을 크게 뜨며 미소를 머금었다.

"아니야, 대답은 항상 하시지. 그러나 하느님의 계획은 아무도 모르는 일이기 때문에, 때로는 하느님의 대답은 거절일 경우도 있단다."

그 이후 시련의 기간 동안 툴루는 매일같이 부상당한 다리로 걸어보려고 시도를 했다. 그러나 그는 그럴 때마다 실망과 함께 다시 침대에 누워야 했다.

그러나 잉가는 아들이 실망하는 것을 허용하지 않았다. 계속 노력을 하면 반드시 성공을 할 것이라고 그녀는 아들에게 확고한 신념을 불어넣어 주었다.

내일은 좀더 나아질 것이라고, 몹시 바쁘신 하느님께서는 머지않아 우리의 기도에 응답해주실 것이라고, 우리는 기다리고 노력하고 믿기만 하면 된다고.

그렇게 기다리는 동안 툴루는 네 명의 손님을 만났다.

아카바의 선물

첫 번째 손님은 브졸크 목사였다. 그는 흰 머리에 금테 안경을 쓴 땅딸막한 사람이었는데, 15년 전 잉가와 페달의 결혼식에 주례를 서기도 한 사람이었다.

에르노 브졸크 목사의 작은 교회는 항상 수리를 해야 할 처지에 있었다.

그러나 그는 신도들로부터 들어오는 적은 돈으로 낡은 교회 건물을 수리하거나 새롭게 칠을 하는 등의 그렇게 중요하지도 않은 일에 소비하느니 보다는 가난한 사람들을 위해 사용하는 것이 더 좋은 일이라는 견해를 가지고 있었다.

그의 설교에 따르면, 크고 화려한 교회는 목사의 허영심을 보여주는 기념관이지 하느님의 제단은 아니라고 말하기도 했다.

브졸크 목사는 툴루에게 한 권의 책을 주었다. 그것은 《셈 민족의 역사》라는 책이었다. 툴루는 사흘만에 그 책을 다 읽었다.

그 책은 1,800년 전에 로마의 역사가인 타키투스가 툴루의 선조인 페니 부족에 대하여 기록한 것으로, 툴루는 이 책으로 892년 전에 노르웨이의 탐험가인 오타르가 셈 민족을 일컬어 '순록을 키우는 사냥꾼들'이라고 불렀다는 것을 알게 되었다.

사고 후 처음으로 틀루는 글을 쓰고 싶은 마음이 들었다. 그는 셈 민족의 자랑스러운 업적에 대한 시를 지어보기도 했다. 브졸크 목사가 주신 선물은 어떠한 위로의 말보다도 유익한 것이었다.

며칠 후 틀루를 방문한 두 사람은 발노 삼촌과 그의 아들 에르키였다.

발노 삼촌은 자신의 형수를 도와주기 위해 거의 매일 잉가를 찾아왔지만, 에르키는 지난 번에 틀루에게 올가미 밧줄에 연꼬리를 매달지 않는다고 놀린 이후로 에르키와 틀루가 만난 것은 이번이 처음인 것이었다.

당황한 표정으로 에르키가 틀루의 침대 곁으로 가까이 가는 것을 발노와 잉가는 걱정스러운 표정으로 지켜보면서 침실 문 앞에 서 있었다. 에르키가 말했다.

"틀루야, 네가 빨리 걷게 되길 바래."

에르키는 머뭇거리며 갈색 종이로 포장된 예쁜 꾸러미를 틀루의 다친 다리 부근에 내려놓고 뒤로 물러섰다.

툴루는 얼른 포장을 뜯었다. 가죽표지의 커다란 장부책이었다.

"일기장이야."

에르키가 설명을 했다.

"매일 있었던 일을 여기에 다 쓸 수 있을 거야. 앞뒤를 다 계산하면, 1천 페이지도 넘을 거야!"

줄이 쳐진 책장을 넘겨보면서 툴루는 에르키에게 고맙다고 말했다.

그는 그것이 일기장이 아니라 경리 계원이 사용하는 장부책의 일종이라고 말해 발노 삼촌의 기분을 언짢게 하고 싶지는 않았다.

사랑의 묘약

그들이 돌아간 후 툴루는 어머니에게 그 선물에 대해 얘기를 해주었다. 그리고 칼발라로 돌아온 이래 처음으로 마티스 가(家)에는 웃음소리가 들렸다.

"어머니, 우리집은 부자니까 이 장부는 정말 쓸모가 있을 거예요."

툴루가 정색을 하며 말하자, 잉가는 배를 잡고 폭소를 터뜨렸다.

봄이 다가오기 시작했으나 툴루의 좌절감은 더욱 깊어졌다. 그의 꾸준한 노력과 어머니의 격려에도 불구하고 그는 단 한 걸음도 걷거나 서있을 수가 없었다.

그래도 그는 어머니가 다락에서 찾아준 낡은 지팡이의 사용을 끝내 거부했다. 지팡이는 노인네들이나 쓰는 것이라고 딱 잘라 말했다.

네 번째 방문객은 젊은 교장 선생님인 아롤 노비스였다. 잉가가 문 앞에서 그를 맞았을 때, 그는 신문 한 장을 들고 서 있었다.

그는 다른 사람들과는 달리 안으로 들어와 툴루를 만나보라는 잉가의 말을 거절했다.

그 대신에 그는 툴루의 방문 앞에 서서 잉가에게 툴루가 그를 볼 수 있게끔 문에 걸린 순록 가죽을 걷어 올리라고 손짓을 했다.

아롤은 신문의 제1면을 펼쳐서 양 손으로 들어올린 채, 음성을 높이며 말했다.

"툴루 마티스, 이게 무언지 알겠니?"

"신문이에요."

침실로부터 대답이 들려왔다.

"무슨 신문이지?"

"《사브 멜라스》지 입니다."

"맞았어! 아주 최근에 나온 거야. 자, 거기서는 잘 보이지 않겠지만 이 신문 1면의 오른쪽 상단에는 아주 멋진 기사가 실려 있단다."

잠시 침묵이 흘렀다.

"아마 너라면 이 기사를 쓴 사람의 문체와 어휘를 금방 알아볼 수 있을 거야. 내용은 연에 대한 어떤 사람의 애정을 훌륭하게 묘사해 놓은 거란다."

교장선생님은 잠시 말을 멈추고 미소를 지었다.

"나는 이글을 쓴 이의 허락도 없이 이 글을 신문사에 기고했단다.”

잉가는 교장 선생님을 놀란 눈으로 바라 보며 한 없는 기쁨을 감출 수 없었다. 이제 그가 하는 말의 뜻은 너무나 자명한 것이었다.

틀루는 몸의 균형을 유지하기 위해 양팔을 벌린 채 비틀거리면서 침실 밖으로 걸어 나왔다. 잉가의 눈이 놀라움으로 휘둥그래졌다.

문 앞까지 나온 틀루는 교장 선생님의 가슴에 쓰러지듯 몸을 기대었다.

사랑하는 제자를 한 팔로 부축해 주면서 아롤 노비스는 기쁜 듯 잉가를 보았다.

“자, 어머님, 우리의 나사렛을 만나 보실까요.”

제 6 장
초록색 장부책

그날 밤 자신의 삶이 다시 소생되었음을 진심으로 믿으며, 용기를 회복한 툴루는 초록색 장부책 일기장의 첫 페이지부터 기록해 나가기 시작했다.

추억이란 별과도 같은 것. 밤 동안 우리와 함께 있으면서 또다시 떠올려주기를 끈기있게 기다린다.

전에는 별나무 밑에 앉아 북녘 하늘의 빛을 향해 휘파람을 불고 있노라면, 짧은 자신의 생애에 일어났었던 커다란 사건들을 생생하게 기억해 낼 수가 있었다.

그러나 1년 전 툴루가 절룩거리며 아롤 노비스에게로 걸어가 처음으로 자신의 글을 자랑스럽게 읽었을 때부터는 어찌된 영문인지 별들의 힘도 그 위력을 잃어 툴루로 하여금 과거를 기억해 내지 못하게 만드는 것이었다.

망각이라는 자비로운 존재가 때로는 참을 수 없을 만큼 고통스러운 것을 우리의 기억으로부터 없애주는 것과 마찬가지로, 지난 9개월 동안의 쓰라린 괴로움들을 머리 속에서 사라져버리게 하는데 거의 성공을 한 것이었다.

물론, 초록색 장부 책의 일기에는 모든게 있었다. 에르키로부터 세 개의 강철판으로 묶인 가죽표지의 줄이 쳐진 장부책을 받은 이후로 툴루는 더없이 양심적인 경리사원처럼 하루도 빠짐없이 그곳에 기록을 했다. 그의 모든 것이 그 안에 있었다.

그런데 그는 바로 이 순간에 그것을 다시금 읽어보고 싶어지는 까닭을 알 수가 없었다.

3월 16일

오늘은 기쁜 날이었다. 말리 의사가 내 다리를 진찰하러 오셨는데, 그 분은 어머니께 나를 인아리에 있는 병원의 전문의사에게 보이기 위해 우리 집의 가축을 팔 필요는 없다고 말씀하셨다.

말리 의사의 말씀은 내가 약간 절룩거리기는 하겠지만, 이제 곧 걸을 수 있을 거라는 얘기였다.

말리 의사가 돌아가신 후 어머니는 무릎을 꿇고 하느님께 감사를 드렸다. 나도 덩달아 기도 했다.

3월 25일

오늘 아침, 장부에 글을 쓰고 있는 것을 보시고 어머니께서 나를 놀리셨다.

언젠가 내 글이 가죽책으로 묶여져 온 세상 사람들에게 널리 읽히게 될 것이라고 예언하시며, 어머니께서 마음 속으로 생각하시는 것은 장부책 이상의 것이라는 말씀이셨다.

신문에 글이 실린 것을 보고서도 별로 글을 열심히 쓰지 않아 교장 선생님께서도 아마 실망을 하고 계실테지… 머지 않아서 두 분 모두를 깜짝 놀라게 만들어야 겠다.

4월 2일

어머니께서 또 여러 시간 동안 집을 비우셨다. 어떤 일을 하고 계신 모양이다. 돌아오실 때면 항상 상자를 가져와 다락방에 올려 놓으신다.

젠느와 나는 그곳에 가는 것이 금지되어 있다. 어머니께 여쭤보아도 언제나 웃기만 하시며, 화제를 딴 곳으로 돌리신다.

4월 7일

교장 선생님께서 명언집을 한 권 보내주셨다. 이 책의 내용 중 9페이지로 쓰여진 세네카의 말에는 빨간 크레용으로 밑줄이 그어져 있다.

"용기를 가지고 어려움을 이겨내는 방법을 알고 있는 사람만큼 존경을 받는 사람은 없다."

세네카와 대화를 나눌 수 있었으면 좋겠다. 그러나 나는 그분이 오래 전, 아주 오래 전에 죽었다는 사실을 알고 있다.

아카바의 선물

　매년 열리는 순록 경주대회가 오늘 마을에서 열렸다.

　아버지가 여기에 안 계셔서 망신을 당한 나를 보지 못하
신 것이 오히려 다행스럽다.

　초반 반환점에 도달할 때까지는 선두에 나설 수 있었
다. 그런데 반환점을 돌아 결승점으로 향할 때, 아픈 다리
가 뒤틀리는 바람에 우리 순록 라이노가 혼자 골인해 버
렸다.

　아직 어머니께 말씀드리지 않았지만, 나는 스키를 내동
댕이쳐 버렸다.

　4월 14일

　나는 집앞 뜰의 별 나무 아래 앉아 이 글을 쓰고 있다. 나

는 이 나무가 행운을 구하는 사람을 도와주는 마력을 지니고 있음을 알고 있다.

그렇지만 나는 자주 이 나무의 껍질을 만지는데도 아무런 변화도 일어나지 않는 것 같다.

어머니께서는 이 나무의 마법이 스스로를 도울 준비가 되어 있는 사람에게만 효력을 발휘하는 것이라고 말씀하신다.

4월 18일

발노 삼촌과 어머니는 많은 이야기를 나누셨다. 나는 그 이유를 알고 있다.

올 여름에는 삼촌이 우리 순록떼를 삼촌의 것과 함께 산으로 몰고 가실 것이다.

그리고 어머니께서는 삼촌에게 수고비로서 우리 순록이 낳은 새끼 순록들의 3분의 1을 줄 것이다.

왜 그렇게 해야 하는지를 어머니께서는 말씀하시지 않았지만 나는 알고 있다.

산등성이를 다니며 순록떼와 어린 딸과 별로 도움도 되지 않는 아들을 모두 돌보기는 힘든 일이라고 생각하신 것이다. 오늘따라 아버지가 더욱더 그리워진다.

　4월 23일

　오늘 아침 나는 별나무까지 달려갔다가 집으로 돌아왔다. 내일은 두 번 왕복, 모레는 세 번 왕복할 것이다. 머지 않아 내 다리는 사고 전처럼 튼튼해질 것이다.

　우리를 위해 그토록 혼자 애쓰시는 어머니를 결코 실망시킬 수는 없다.

　아버지께서 행하셨던 것처럼 어머니를 도와드릴 수 있으면 좋겠다. 어머님의 말씀대로 이제는 내가 가장이니 가장답게 행동할 시기가 된 것 같다.

　5월 2일

　극성스런 모기떼가 몰려왔다. 오늘부터 순록떼가 북쪽으로 이동하기 시작했다.

　발노 삼촌은 늙은 칼라를 운송용으로, 세 마리의 순록을 식육용으로 우리에게 남겨 두셨다. 그리고 닉만 제외하고는 나머지 개들은 모두 데리고 가셨다.

　모두 떠나가니 어머니께서는 우셨다. 우리도 함께 울먹

였다. 여름에 순록떼와 함께 산지(山地)로 떠나지 않기는 이번이 처음인 것이다.

5월 19일

창고에서 나의 오래된 연을 찾아내 들판으로 가지고 나갔다. 전과 다름없이 잘 날았다.

까마득히 떠오른 나의 빨간 연을 쳐다보고 있노라면 말할 수 없이 즐거운 기분이 든다.

연은 어느 정도로 높이 날려 올릴 수 있을까? 다리가 아파온다. 아직도 내가 연을 잘 날릴 수 있다는 사실을 알게 되어 정말 기쁘다.

5월 27일

여름을 지내기 위해 이동을 했다. 여름이 되면 산에서 사용했던 천막을 칼발라에서 12킬로미터 쯤 떨어져 있는 고속도로변에 쳤다.

어머니께서 모아두셨던 상자 속에는 우리 마을 사람들이 만든 수공예품들이 들어 있었다.

어머니께서는 관광객들에게 팔기 위해 길가에 좌판을

아카바의 선물

설치하고 수공예품을 진열해 놓았다.

뿔을 조각해 만든 수저, 혁대, 모카신, 순록 가죽으로 만든 모자, 그리고 수백 종의 동물 목각인형 등이 있다. 어머니께서는 판매한 물건들을 하나도 빠짐없이 기록하신다.

가을이 되어 마을로 돌아가게 되면, 어머니께서는 이곳에서 파는 값의 절반값으로 남은 물건들을 반품하실 것이란다.

어머니께서 우리가 모두 함께 열심히 일을 한다면, 2년 이내에 내가 대학에 등록을 할 수 있을 만큼 저축을 하게 될 것이라고 말씀하셨다.

별 나무 아래에서의 나의 그 수 많은 기도가 모두 헛되지는 않았던 것 같다.

6월 6일

우리의 새 사업이 잘 진행되어 가고 있다. 오늘은 트럭으로 바렌저 반도로 가던 낚시꾼들이 차를 멈추고 몰려와 커피를 주문했다.

어머니는 재빨리 한 주전자의 커피를 끓였다. 그래서 이제부터 우리는 커피도 팔게 되었다.

또 조금 후에는 관광 버스가 우리 앞에 멈추었고 관광객들이 내려 우리 천막앞에서 우리와 함께 사진을 찍게 해달라고 했다. 어머니께서는 그들 한 사람 앞에 5마르카스씩을 받으셨다.

어머니께서는 항상 열심히 일하면서, 하느님께 도움을 요청하고, 결코 실망하지 않으면 어떠한 소원도 달성할 수 있다고 말씀하신다.

7월 13일

어머니께서 며칠째 기침을 하신다. 너무 과로하시는 것 같다.

24시간 동안 해가 지지 않아 관광객들이 끊임없이 오고 있기 때문에 어머니께서는 손님을 놓칠까봐 염려되어, 거의 잠을 이루지 못하신다.

젠느와 나는 진심으로 어머니를 도와드리고 싶었지만, 어머니는 직접 손님을 상대하려고만 하신다. 오늘 밤에는 너무 피곤하신지 젠느에게 저녁을 짓게 하셨다.

젠느는 커서 좋은 아내가 될 것이다.

7월 29일

장사는 무척 잘 되었지만 어머니가 편찮으시다. 어머니의 몸이 많이 수척해지셨다. 얼굴색마저도 이상하다. 거의 잿빛이 되어 있다.

전보다 더 심하게 기침을 하시면서도 내가 좀 쉬시라고 말하면 들은 척도 안하신다. 정말 걱정이 된다. 집안의 남자 역할을 한다는 것이 그리 쉽지 않다.

9월 30일

어머니께서 돌아가셨다. 지금 이 순간에 이르러서야 나는 가까스로 이런 말을 쓸 수가 있다. 어머니께서는 8월 2일 밤에 주무시다가 조용히 돌아가셨다.

그날 저녁, 어머니께서는 처음으로 잠깐 눈을 붙일테니 젠느와 함께 손님들을 맞으라고 내게 말씀하셨다.

얼마 후 나는 어머니께서 내 이름을 부르시는 소리를 듣고 천막으로 달려갔다.

어머니께서는 손을 내밀어 내 손을 꼭 쥐어 가슴 위에 얹으시며 말씀하셨다.

"나의 사랑하는 틀루야, 네 동생을 잘 돌봐줘야 한다. 그리고 너의 인생은 칼발라를 초월해 있음을 명심해야 한다. 위를 보고 뻗어나가거라. 하느님과 별 나무가 언제나 너를 도울 것이다."

그리고 나서 어머니는 잠이 드셨다. 다음 날 아침 우리가 잠에서 깨어났을 때, 어머니께서는 이미 돌아가신 뒤였다.

어머니를 아버지 묘지 옆에 모셨다는 것을 제외하고는 그 장례식에 대하여 아무런 기억도 나지 않는다.

발노 삼촌과 스티나 숙모가 우리에게 삼촌집에서 함께 살자고 하셨다.

그러나 젠느와 나는 우리의 오두막집에 남아 서로를 보살피며 살아나가기로 다짐을 했다.

툴루는 초록색 장부책을 힘없이 옆으로 밀어놓았다. 그는 북녘의 황홀한 빛을 향해 휘파람을 불면서 마음 속으로 과거와 돌아가신 아버지 어머니를 회상했다.

그러나 내일은 어떻게 해야 되는 것일까? 그는 알 수가 없었다. 그리고 또 모레는? 나와 나의 어린 동생은 앞으로 어떻게 되는 것일까?

제 7 장
가혹한 시련

　찬란한 북방의 빛은 이번 역시 끔찍스러운 악천후에 대한 전조였음이 밝혀졌다. 칼발라를 휩쓴 이번의 눈보라는 겨울내내 쉬지않고 쏟아지는 보드라운 눈가루의 세례와는 그 성질부터 다른 것이었다.

　폭설이 시작된 지 이틀째 되는 날 툴루는 몇 년 전에 아버지가 사오셨던 갈색 플라스틱 탁상용 라디오의 스위치를 켰다. 칼발라 남쪽 50킬로미터쯤 떨어진 곳에 있는 인아리의 어느 방송국에서 시벨리우스의 음악을 흘려보내고 있었다. 그는 라디오 채널을 다른 곳으로 돌렸다. 마침 뉴우스가 나왔다.

"…여러 지역에서 전선이 끊어졌습니다. 인아리와 이발로 지역에는 1미터 이상의 눈이 쌓였으며, 저기압의 중심권은 현재 이동하지 않고 있습니다.

기상청 발표에 의하면, 우리나라를 덮친 이번 눈은 근래에 들어 보기 드문 최악의 폭설이라고 합니다. 이 지역의 모든 주민, 특히 북극 지역의 격리된 고장의 주민들은 주의하시기 바랍니다."

틀루는 서둘러 두터운 옷으로 갈아 입었다. 그는 썰매에 칼라두(순록)를 매단 뒤 어둠 속으로 달려나가서 두 시간쯤 후 몸을 사시나무처럼 떨며 돌아왔다.

썰매에는 밀가루 한 포대와 양초 세 개가 실려있었다. 라베그 씨의 상점에 갔다 온 것이었다. 라베그 씨의 상점에는 남아있는 일용품을 하나라도 더 사기 위해 서로 밀치며 고함을 지르는 겁먹은 표정의 마을 사람들로 들끓고 있었다.

그 광경은 마치 라운드업 때 어쩔 줄 모르고, 빙빙 돌아다니는 순록떼가 모인 우리를 연상케 했다.

썰매에서 내려 집 안으로 들어가니 발노 삼촌이 와 계셨다. 그는 묵묵히 커피를 마시고 있었다. 툴루가 들어서자 그는 툴루의 어깨에 손을 얹으며 입을 열었다.

"너희 숙모가 너희들 때문에 걱정을 하고 있단다. 우리와 함께 사는 것이 어떻겠니? 적어도 이 끔찍한 날씨가 좋아질 때까지만이라도 그렇게 하자꾸나.

내 말을 들을지 안 들을지 잘 모르겠지만, 너희들에게 한 번 더 이야기를 해 보라고 그러더구나."

툴루는 머리를 흔들었다.

"우리는 괜찮을 거예요, 삼촌."

"툴루, 너무 자신만만해서는 안된다. 내가 너 나이만했을 때에 이런 날씨가 계속된 일이 한 번 있었던 것 같구나. 하지만 그 당시는 사정이 좀 달랐어."

"다르다고요?"

발노 삼촌은 화가 나는 듯 식탁을 주먹으로 꽝하고 내리쳤다. 커피가 엎질러졌다.

"아마… 넌 이해하지 못할 거야. 네가 아무리 책을 많이 읽고 공부를 많이 했다 하더라도 네가 읽고 배운 그 비싼 책속에는 소위 이 현대 문명이라는 것이 우리 셈 민족을 물렁 팥죽으로 만들어 버렸어.

옛날 우리의 용감하고, 인내심이 강한 선조들과는 달리 생존을 스스로 싸우며 지켜나가지 못하는 족속으로 우리를 퇴락시켜 놓았다는 사실이 들어있지 않다는 말이다."

발노 삼촌은 석유 난로 앞으로 가까이 가서 경멸하는 듯한 태도로 난로를 가리키며 말했다.

"이 물건이 무엇에 쓰이는 거니?"

틀루가 대답했다.

"그것으로 요리도 하고 난방도 하지요. 삼촌 집에도 이런 난로가 있잖아요."

"그렇다. 이 쇳덩어리 괴물한테 넣을 기름이 다 떨어지고, 벽난로용 땔감 통나무마저 없다면 넌 어떻게 이 추위를 견디어내겠니?"

"이번과 같은 눈보라는 처음이에요. 그래서 어떻게 해야 할지 알 수가 없어요."

아카바의 선물

쭈뼛거리며 툴루가 대답했다.

"칼발라의 모든 주민들이 너처럼 어떻게 해야 할지를 모르고 있어!"

발노 삼촌은 쩌렁쩌렁한 목소리로 말한 뒤 식탁 앞으로 가서 손을 들어 올려 전깃불을 껐다. 어둠 속에서 그의 목소리가 울려 퍼졌다.

"또 전선이 끊어져 이 유리 전구에서 더 이상 빛이 나오지 않게 된다면, 너희들은 어떻게 하겠니?"

젠느가 가느다란 목소리로 말했다.

"그럼, 촛불을 켜지요."

"초마저 다 써 버린다면? 이젠 상점에도 초가 없단다."

가혹한 시련

"음, 석유 등잔을 켜면 되겠죠."

젠느는 의기양양하게 대답했다. 발노 삼촌이 전깃불을 켰다. 젠느는 눈이 부신지 눈을 깜박거렸다.

"천만에. 그렇게는 안되지! 조금이라도 기름이 남아있다면 그것은 난로용으로 남겨두어야 하지 않니. 그렇게 하지 않으면 추워서 얼어 죽을 뿐만 아니라, 더운 고깃국 대신에 말린 고기만 먹어야 할 테니까."

"하지만 말린 고기는 없어요!"

"왜 없지?"

"순록 고기를 제외하고 필요한 것은 모두 라베그 씨 상점에서 사오기 때문이에요."

"그런데 이제 라베그 씨의 상점에는 아무것도 없단 말이다. 틀루! 너는 네 눈으로 그걸 확인했잖아?

우리와 마찬가지로 다른 사람들도 모두 라베그 씨 상점으로 몰려가 남아있는 것이라면 무엇이든 몽땅 사버렸단다. 이제는 식료품도, 석유도 없단다.

그리고 남쪽에서 보급차도 오지를 못해. 우리는 이제 완전히 격리된 동물원 우리 안의 짐승처럼 아무런 힘도 쓸수가 없게 된 거야."

아카바의 선물

젠느와 툴루 남매는 가만히 삼촌의 말을 계속 듣고 있었다.

"우리는 모두 똑같은 위기에 빠져버린 거야. 하지만 그건 우리들 자신이 판 무덤이니 그 누구를 원망할 순 없겠지. 스스로 성실하고 용감하게 수천 년간을 이 땅 위에서 살아온 우리 선조의 생활 양식을 잊어버렸던 거야.

우리는 우리의 유산을 값싼 사치와 바꾸어버린 것이지. 50년 전, 심지어는 25년 전까지만 해도 집집마다 자기네 순록떼를 갖고 있었고, 우리 셈 족은 자신의 가족과 하느님 이외에는 그 누구에게도 의존하지 않았단다.

그런데 지금 이 지방에서 순록을 치고 있는 집안이 얼마나 되겠니? 이젠 우리 민족은 탄광에서, 공장에서, 그리고 발전소에서 일을 하게 되었어. 모두가 자기 스스로 만든 그물에 얽매인 노예가 된 거야.

우리는 전등, 녹음기… 그런 따위의 사치품을 위하여 우리의 귀중한 재산인 자부심과 독립심, 그리고 순록을 팔아버린 거야!"

발노 삼촌은 일어나서 코트 주머니에 손을 찔러넣었다.

가혹한 시련

"언젠가는 그들이 아메리카 인디언과 그들의 물소에게 했던 것처럼 그들은 우리들을 한 곳에 모아 주위에 담장을 치고, 우리들의 순록을 쏘아 죽이고는, 우리를 잊어버리게 될 것이다."

발노 삼촌은 몸을 앞으로 숙여 젠느의 콧등에 입을 맞추었다.

"미안하구나. 연설을 하려거나, 너를 무섭게 할 의도는 아니었는데… 네 숙모는 내가 너무 말이 많다고 하더구나. 어쨌든 내일 다시 들르겠다.

너희들이 진짜 셈 민족의 용기를 발휘하여 어떻게 이 어려움을 견뎌 나가는지를 보기 위해 다시 오겠다."

젠느와 툴루는 삼촌을 썰매 있는 곳까지 배웅했다. 삼촌이 썰매에 타자 젠느는 그에게로 바싹 다가가 그의 귀에 대고 속삭였다.

"발노 삼촌, 우린 뭘 해야 해요?"

발노 삼촌은 눈이 쌓인 젠느의 머리를 장갑 낀 자신의 커다란 손으로 어루만지며, 젠느의 귀에 대고 한 마디 속삭였다.

"기도를 해!"

제8장

무척슬픈꿈… 그리고아름다운…

폭설 사흘째 툴루는 커다란 연을 한 개 만들었다.

젠느가 잠에서 깨어날 때쯤 그는 두 개의 버들가지를 꺾어 손질해서 순록의 힘줄을 꼬아 만든 실로 십자형으로 동여매어 그 테 위에 빨간색의 낡은 시트를 오려 붙이고 있었다.

"오빠, 그건 세상에서 가장 커다란 연일 거야!"

잠에서 깬 젠느가 탄성을 질렀다.

툴루는 일어서서 자신의 작품을 여기저기 훑어보며 자랑스런 표정을 지었다.

"아니, 그렇지는 않아. 이것보다 20배나 더 큰 연도 있단다."

"그 연으로 무엇을 할 거야?"

"어머니께서 내게 바라시는 일을 해보려고 하는 거야."

"오빠, 어머닌 돌아가셨잖아!"

"어젯밤에 꿈을 꾸었어. 꿈이 어찌나 현실같던지… 그만 잠에서 깨어 버렸지. 그리고 꿈을 생각하느라 다시 잠들 수가 없었어."

"어머니에 대한 꿈이었어?"

"꿈 속에서 나는 들판에 있었단다. 별 나무 옆에서 커다란 빨간색 연을 날리고 있었지. 바람은 거세었고 태양은 빛나고 있었어. 그리고 나의 연은 눈에 보이지 않을 만큼 높이 날아가고 있었지.

그런데 갑자기 누군가 웃는 소리가 들렸어. 그래서 고

개를 돌려보니 어머니께서 우리 별 나무 가지에 앉아 계셨는데, 자꾸 "위를 보고 뻗어나가라."고 말씀하시는 것이었어.

나는 연줄을 계속 풀어 연을 더 높이 띄워 올렸지. 어머니께서 좋아하시는 것 같아 난 기뻤어."

"어머! 나도 그런 꿈을 한 번만이라도 꾸어봤으면…."

툴루가 손을 들어 동생의 말을 가로막았다.

"기다려! 아직 얘기가 남았어. 그러더니 이번에는 번개와 천둥이 치고 깜깜해지면서 눈이 내리기 시작했어.

나는 눈보라에 내 연이 날아가 버릴까봐 연줄을 감으려고 했지. 그런데 줄이 내려오지 않는거야. 아무리 잡아당겨도 소용이 없었어. 그래서 난 울기 시작했지.

그때 갑자기 하늘이 대낮처럼 환해지는 거였어. 그래서 어머니가 계셨던 곳을 쳐다보니 어머니께서는 어디론가 사라져버리고 없었단다. 그런데 우리 별 나무는 마치 불이 붙은 듯 빛나고 있었어."

"무척 슬픈 꿈인걸… 그리고 아름다운…."

"젠느야, 난 꿈에 본 어머니와 별 나무에 어떤 의미가 있다고 생각해.

무척 슬픈꿈… 그리고 아름다운…

그게 무엇인지 난 알 것 같아. 잠시 후에 얘기해 줄게. 우선은 그저 내 말만 믿고 있어.

자, 서둘러 마을로 가야겠다. 라베그 씨의 상점에 가서 가는 밧줄과 노끈을 모두 사와야 해."

"연에 사용할 거야?"

"내 말만 들으라니까. 자, 어서 빨리, 젠느!"

라베그 씨의 상점 입구에는 눈더미가 높이 쌓여있었다. 튤루와 젠느가 문을 밀치고 안으로 들어가자 상점 안으로 눈이 쏟아져 들어왔다.

"바보같은 녀석들같으니! 어서, 빨리 문을 닫아라! 도대체 내 가게를 어떻게 만들려는 거니?"

핀 라베그는 투덜거리면서 말했다. 그의 목소리는 그의 얼굴과 성격에 꼭 어울리는 것이었다.

그는 50년 이상이나 칼발라에서는 단 한 개뿐인 이 잡화상의 안채에서 친구도 없이 홀로 살아오고 있었다.

한 쪽 다리를 테이프로 감아붙인 뿔테 안경이 언제나 주름살이 펴지지 않는 그의 이마 위의 덮수룩하고 누리끼리한 헝클어진 머리카락 속에 파묻혀 있었다.

아카바의 선물

그는 마분지 상자 더미에서 깡통에 든 식료품을 꺼내 표시를 하고 있었다.

툴루가 외쳐댔다.

"라베그 아저씨, 우리 삼촌께서는 아저씨 가게에 아무것도 없다고 말씀하셨거든요. 그런데 진열대마다 꽉차서 없는게 없잖아요!"

라베그 씨는 신경질적으로 헛기침을 해 대며 때묻은 앞치마자락으로 입가를 닦았다.

"너희 삼촌이 무얼 알겠니? 나는 오래 전부터 가게 뒤의 별채에 이 식료품들을 모아두었지.

무척 슬픈꿈… 그리고 아름다운…

왜냐하면… 언젠가는 이번과 같은 폭설이 내려 모든 필수품이 동이 나게 될 것이라는 사실을 미리 예상하고 있었기 때문이지.

사람은 항상 앞을 내다보는 안목을 지녀야 하는 법이야. 그리고 항상 만일의 사태에 대비해두어야만 한단다. 이제 모두들 여기에 있는 이 물건을 사려면 대가를 지불해야 해. 암, 그렇구 말구.

무엇이든 값을 두배로 올리고 있는 중이야. 수요와 공급, 공급과 수요의 법칙에 따라서 말이다."

그는 계속해서 각각의 상품마다 크레용으로 가격을 적고 있었다. 그는 상점 안에 자기 혼자만 있는 것이 아니라는 것을 잊었는지 숫자를 적으면서 큰 소리로 낄낄거렸다.

젠느와 툴루는 밧줄과 실 뭉치가 놓인 선반 앞으로 다가가 밧줄 뭉치를 몽땅 꺼내 계산대로 가지고 갔다.

라베그 씨는 그들을 바라보며 소리쳤다.

"너희들, 도대체 뭐하고 있는 거냐?"

그들은 입을 모아 대답했다.

"밧줄을 사려고 해요."

"무얼하려고? 어디다 쓰려고 그렇게 많이 사려고 하니?"

툴루의 얼굴이 창백해졌다. 밧줄과 노끈을 그렇게 많이 사면, 분명히 이상스럽게 생각할 것이라는 것을 예상하지 못했기 때문이었다.

젠느는 오빠의 난처함을 곧 알아차리고 태연스럽게 대답했다.

"내년 여름에 고속도로 변에 천막을 치고 관광객들에게 팔 허리띠와 니트 스웨터를 만들려고 해요."

라베그 씨가 말했다.

"어머니도 없이 장사하려고?"

"네."

"엉뚱한 짓이야. 망하고 말거야. 도대체 너희들이 장사에 대해서 얼마나 안다고 그러니? 아차, 어찌됐든 그것은 내가 참견할 일이 아니로군.

다락방에 가면 밧줄과, 순록 힘줄로 만든 실이 더 있단다. 그것도 가져올까? 한꺼번에 몽땅 사간다면 오르기 전의 가격으로 줄 수도 있지."

툴루는 잠시 망설였다. 그는 저축해둔 돈의 절반이나 가지고 왔던 것이다. 그러나 결국 그는 고개를 끄덕여 보였다.

무척 슬픈꿈… 그리고 아름다운…

몇 시간이 지난 후 젠느와 툴루는 피곤한 몸으로 벽난로 앞에 앉아 벽난로 안에서 마지막 남은 통나무가 빛을 내며 타는 것을 멍하니 응시하고 있었다.

그들의 주위에는 밧줄과 노끈과 털실 뭉치들이 툴루의 거대한 빨간색 연을 가운데 두고 높이 쌓여 있었다.

"오빠, 약속했잖아…… 더 이상 기다릴 수 없단 말이야. 이것들이 오빠의 꿈과 어떤 관련이 있는지 어서 말해 줘. 이렇게 눈보라가 치는데 오빤 연을 날릴 테야?"

툴루는 어린 누이동생의 티없이 맑은 파란 눈을 바라보며, 이해시키기에 적당한 말을 찾아내려고 애를 썼다.

"이제 곧 우리의 기름과 양초는 동이 날 거야. 저 장작처럼 말이야. 그리고 발노 삼촌의 말씀대로 폭풍 때문에 전깃줄도 곧 끊어져버릴 거야.

젠느야, 우리는 나그네 쥐가 아니란다. 그 동물들처럼 어둠과 추위 속에서 봄이 될 때까지 살아남을 수가 없어. 나는 어머니께서 아직도 우리를 내려다보고 지켜주시고 계신다고 생각한단다."

"어떻게?"

"난 어머니께서 내게 튼튼하고 커다란 연을 만들어 날리라는 말씀을 하시기 위해 어젯밤 꿈에 나타나신 것이라고 생각한단다."

"어째서 그래, 오빠? 연을 날린다고 해서 우리가 어떻게 살아날 수가 있다는 거야?"

툴루는 자리에서 일어나 커다란 사각형의 연을 손가락으로 가리켰다.

"이 연은 우리들의 그물이야. 내일 우리는 이것으로 낚시를 하는 거란다. 하늘 높이 띄워올려서 별을 잡을 때까지 낚시질을 하는 거야. 우리에게 봄이 되어 태양이 돌아올 때까지 빛과 따스함을 선사해 줄 별을…."

칼발라의 모든 사람들이 두려움에 떨며 잠든 사이에 툴루와 젠느 남매는 밤을 지새우며 밧줄과 노끈을 하나로 연결해 나갔다.

무척 슬픈꿈… 그리고 아름다운…

제 9 장
연으로 별을 따다

폭설의 나흘쨋 날 새벽에 툴루와 젠느는 그들의 거대한 연을 끌고 눈 사이를 헤치며 들판으로 나갔다.

하얀 리본으로 만든 길다란 연꼬리가 바람을 맞으면서 마치 물 위로 끌어낸 연어의 꼬리처럼 파닥거렸다.

연을 가지고 밖으로 나오기 전에 툴루는 거대한 밧줄 타래를 별 나무 부근의 바람이 잘 부는 장소에 갖다 놓았다. 이제 그는 무릎을 꿇고서 밧줄의 끝을 연살에다 능숙하게 묶었다. 그는 만족스러운 듯이 젠느에게 고개를 끄덕여 보였다. 젠느는 들고 있던 램프등을 내리며 한 걸음 뒤로 물러섰다.

바로 그 순간 세찬 한 줄기의 차가운 바람이 들판을 휩쓸며 사라졌다. 마치 거대한 눈써레에 밀린 듯이 눈보라가 사방으로 흩어졌다.

툴루는 일어섰다. 그는 자신이 만든 거대한 연을 들어올려 온 힘을 다하여 힘껏 하늘을 향해 던졌다.

마치 하나의 마른 자작나무 잎처럼 빨간 연은 하늘로 떠올랐고, 꼬리를 흔들거리며 어느새 칠흑같이 어두운 새벽 하늘로 사라져 버렸다.

툴루의 손가락 사이로 연줄은 끊임없이 빠져나갔다. 밧줄은 요동을 치며 툴루의 장갑 바닥을 찢었다.

툴루의 가슴은 두 방망이질 치기 시작했다. 밧줄 타래는 자꾸 줄어들었지만, 연줄은 더욱 속력을 내어 하늘로 치솟아 올라갔다.

툴루는 자기의 연이 하강 기류에 한 번도 부딪치지 않고

아카바의 선물

또한 아무런 방해도 없이 하늘로 높이 솟아 오르는 것에 놀라면서 발에 힘을 주었다.

거의 두 시간 이상 지났다. 젠느가 튤루의 소맷자락을 잡아당겼다. 튤루는 온 몸이 쑤셔 옴을 느꼈다. 다쳤던 다리는 금방이라도 꺾어질 듯 비틀거렸다. 팔은 감각이 없이 멍멍해졌으며, 손가락은 타는 듯이 화끈거렸다.

젠느가 밧줄 타래를 손가락으로 가리켰다. 밧줄 타래는 처음의 10분의 1밖에는 남지 않았다. 튤루는 당황하여 고개를 흔들었다. 노련한 낚시꾼처럼 그는 계속 줄을 올려보냈다.

그러나 그는 이제 곧 모든 것이 끝장이라는 것을 알고 있었다. 줄이 다 되었는데도, 연이 계속 올라간다면 그가 취할 수 있는 방법은 단 두가지 뿐이었다.

줄을 놓아 연을 날려 보내던지, 아니면 줄이 끊어지거나 그의 몸이 연에 매달려 하늘 높이 떠올라 갈 때까지 줄을 붙잡고 버티는 것이었다.

매일 밤 잠자리에서 기도를 드릴 때 그렇게 하듯, 튤루는 밧줄을 쥔 자신의 장갑낀 작은 손을 합장했다. 어머니에게서 들은 대로 그는 중얼거리기 시작했다.

"도와주소서! 도와주소서!"

힐끗 옆을 보니 젠느는 걱정스러운 표정을 지으며 서 있었다. 밧줄의 끝이 거의 가까워진 것이었다.

갑자기 그의 손 사이로 마치 달음질치듯이 빠져나가던 줄이 멈추었다. 위에서 당겨 올리던 힘이 중지된 것이었다.

툴루는 연이 하강 기류에 빠진 것이 아닌지를 확인해 보기 위해 연줄을 살며시 잡아당겨 보았다. 줄은 꼼짝도 하지 않았다. 그는 다시 한 번 이번에는 좀더 힘껏 줄을 당겼다.

"왜? 오빠!"

"모르겠어! 이제 연이 더이상 올라가지 않는 것 같구나. 또한 내려오지도 않구. 연을 볼 수 있었으면 좋겠는데… 줄을 당기기만 하면 내려왔었는데…

바람 때문인가봐. 줄이 끊어질까봐 너무 세게 잡아당길 수도 없고… 꿈에서도 그랬어! 꿈과 똑같아!"

얼마 동안 망설인 끝에 툴루는 모든 것을 내걸고 모험을 해보기로 결심했다. 그는 세차게 줄을 당겼다. 3미터쯤 밧줄이 그의 손 사이로 당겨져 내려왔다.

그는 또다시 끌어당겼다. 줄은 자꾸 땅으로 끌려 내려왔다. 얼마되지 않아 툴루의 발 밑에는 밧줄 더미가 수북이 쌓이게 되었다.

"저것 봐. 빛이 있어, 오빠! 빛이 보인다구!"

젠느가 탄성을 질렀다.

"우리 연 위에 무언가 반짝이는 것이 놓여져 있어. 별인가? 당겨 봐, 오빠! 얼른!"

그 빛이 점점 내려옴에 따라 눈 위에는 별나무의 그림자가 신비스러운 춤을 추었다. 1백 미터 이상이나 떨어져 있는 그들의 오두막집까지도 이제는 선명하게 보였다.

연줄을 꽉 움켜쥐고 툴루는 나무 가까이에 다가가서 그 연과 연 위의 빛나는 물체가 바로 나무 위에 안전하게 내려 앉게 했다. 조심스럽게 툴루는 그의 거대한 빨간 연을 나뭇가지 사이에 착륙시켰다.

나무의 굵직한 가지들이 하늘에서 내려온 빛나는 손님을 둘러쌌다.

"아주 조그맣고 둥글잖아!"

젠느가 외쳐댔다.

"정말 별일까? 오빠 난 별이 다섯 군데나 뾰족하게 되어 있다고 생각했는데… 교회와 내 교과서에 있는 별은 모두 그런 모양이었는데 말이야!"

툴루는 아직도 자신이 무슨 일을 했는지 알 수가 없었다.

그는 꿈을 꾸듯 몽롱한 목소리로 중얼거렸다.

"별들은 아마 사람이나 순록이나 나무처럼 여러 가지 형태와 크기와 빛깔을 갖고 있는 모양이야. 모르겠어… 저것 좀 봐! 마치 나무가 타는 것 같잖아.

우리가 해낸 일을 믿을 수가 없어!"

툴루는 나무 위로 기어올라가 나뭇가지에 얽혀있는 줄을 잘랐다. 그리고 나서 연을 발로 찼다. 연은 둥실 날아서 땅에 떨어졌다.

이제 툴루는 팔을 뻗으면 그 별과 닿을 만큼 가까운 거리에 있었다. 신기하게도 툴루는 그 별에서부터 발산되는 온기를 느낄 수 있었다. 그리고 초록색에서 파란색으로, 그리고 은빛으로 변해 가는 강렬한 빛 때문에 눈이 부셔 눈물이 났다.

그는 손을 뻗어 그것을 만져보고 싶었지만 감히 그렇게 할 수가 없었다.

툴루가 도로 땅바닥으로 내려왔을 때 그 별은 황금색과 은색의 불꽃을 마치 고동치듯 내뿜고 있었다. 젠느는 손을 맞잡아 힘껏 쥐며 소리를 질렀다.

"이제 우리는 진짜 별 나무를 갖게 되었어! 우리는 세상에서 단 하나 뿐인 별 나무를 갖게 된 거야!"

툴루는 너무나 큰 충격에 고개를 가로저으면서 중얼거렸다.

"나뭇가지가 모두 빛나고 있어… 꿈에서와 똑 같이….”

제 10 장
별 아카바

"튤루, 튤루! 일어나라, 일어나!"

발노 삼촌은 그의 조카를 살며시 흔들었다. 기진맥진한 채 잠이 들었던 튤루는 겨우 정신을 차린 후 침대 머리 위의 전등 스위치 줄을 잡아당겼다. 불이 켜지지 않았다. 그는 다시 줄을 잡아당겼다.

"전등불이 왜 이래요? 삼촌!"

어둠 속에서 발노 삼촌이 말했다.

"모르겠다. 내가 말했던 대로 끊어졌겠지. 하지만 그것 때문에 여기에 온 게 아니다."

"무슨 일이 있나요? 삼촌!"

"무슨 일이 있었냐구? 네가 나에게 묻는 거냐? 너는 세상이 끝장나도 아무것도 모르고 여기서 잠만 잘 아이로구나. 내 생각으로서는 이번이 세상의 종말일지도 모르겠다. 자, 얼른 옷을 입고 나를 따라 오너라!"

툴루는 정신없이 그의 삼촌을 따라 뒷문께로 나갔다. 문이 열리자 툴루는 눈부신 광채에 눈을 깜박였다.

"삼촌, 왜 사람들이 우리 집 뜰에 모였나요?"

"왜? 왜냐구? 넌 장님이냐? 너희 나무에 무엇이 있는지 안 보인단 말이니?"

"저것은 우리 별이에요."

"너희 별이라구?"

"우리 별이에요."

차분한 목소리로 툴루가 다시 한 번 말했다.

"지난 밤 새벽에 젠느와 제가 연으로 낚아 온 우리 별이에요."

"네가 잡았어? 네가… 별을… 잡았다구?"

오두막 안을 가득 채운 휘황찬란한 별빛 속에서 발노 삼촌은 허리를 굽혀 조카의 얼굴을 유심히 살펴보았다. 그는 허리를 펴고 고개를 가로저으며, 식탁 앞으로 가 젠느의 곁에 털썩 주저 앉았다.

젠느는 튤루와 발노 삼촌의 목소리에 잠에서 깨어 일어나 있었다.

"너희들 중 누구라도… 제발 이 별에 대해 이야기를 좀 해 보려므나."

어린 남매가 번갈아 가며 이야기를 하는 동안 발노 삼촌의 머리는 쉴새없이 이쪽 저쪽으로 돌아갔고, 그의 이마에는 깊은 주름이 새겨져 있었으며, 그의 입은 열렸다 닫히기를 되풀이 하였다.

마침내 그들의 이야기가 끝나자 발노 삼촌이 물었다.

"그럼 너희가 만들었다는 그 연은 어디에 있지?"

"헛간에 있어요."

발노 삼촌은 헛간으로 갔다가 곧 돌아왔다. 돌아왔을 때 그의 목소리와 태도는 한결 부드러웠다.

"그래, 너희들은 이 별을 어떻게 할 생각이지?"

"그냥 거기에 놓아 둘 거예요. 눈보라와 어둠이 계속되는 동안 들판과 우리 오두막을 밝혀주고 따뜻하게 해 줄 수 있도록 말이에요. 삼촌은 우리가 자랑스럽지 않으세요?"

툴루가 물었다.

"별을 잡아 오기가 쉬운 일은 아니에요."

"쉽지 않다고 말했니? 물론 쉽지 않지. 그것은 불가능해, 완전히 불가능한 일이야! 내가 무슨 말을 할 수 있겠니?

이 황폐한 고장에서 기적이 일어날 것을 누가 상상이라도 했겠니? 믿을 수가 없어. 정말 믿을 수 없는 일이야."

이 믿기 어려운 이야기를 전해 듣자 칼발라의 사람들은 모두 기뻐했다.

나이든 부인네들은 무릎을 꿇고 감사의 기도를 드렸으며, 젊은 부부들은 서로 손을 잡고 노래를 부르면서 마치 축제라도 하는 듯이 춤을 추며 즐거워 했다.

모든 사람들이 잠시 자신들의 근심 걱정을 잊은 채, 브졸크 목사가 말한 '하느님이 보내신 빛' 을 즐거운 마음으로 축복했다.

여러 시간 후 마을 사람들이 모두 돌아가고 젠느가 잠이 들었을 때, 튤루는 그의 초록색 장부에다 지난 하룻동안에 있었던 놀라운 사건을 적기 시작했다.

이때 그는 다시 들판으로 나가고 싶은 마음을 억제할 수 없을 정도로 강하게 느꼈다.

튤루는 바삐 옷을 입고 밖으로 나갔다.

약간 경사진 언덕길인 들판에는 거센 바람 때문인지 눈이 거의 날아가 버리고 없었다. 나무 주위의 눈이 녹은 곳에는 연두색의 순록 이끼가 돋아 있었다.

튤루는 나뭇가지 아래로 절룩거리며 가서 별의 따스한 빛을 쪼이려 했다. 눈송이가 떨어지다가 빗방울로 변해 그의 손바닥에 떨어졌다.

"안녕, 튤루!"

깜짝 놀란 튤루는 사방을 한 바퀴 빙 둘러 살펴보았다. 누가 아직도 들판에 남아있는지 알 수가 없었다. 아무도 보이지 않았다.

굵직한 목소리가 또 한 번 울렸다.

"안녕, 툴루. 두려워하지 말고 위를 쳐다보렴."

툴루는 몸의 균형을 유지하기 위해 나무 줄기를 끌어안고 별을 올려다 보았다.

"말도… 할… 수… 가… 있어요?"

더듬거리며 툴루가 물었다.

"물론이란다!"

"제 이름도… 알고… 있… 나요?"

"난, 너에 대해서 많은 것을 알고 있단다."

"어떻게 말을 할 줄 아세요? 입도 없으면서?"

은색 불꽃이 우유빛으로 반짝이는 별의 꼭대기에서 마치 소나기가 내리듯 빛이 뿜어 나와 천천히 땅으로 내려 앉고 있었다.

"너는 나를 마치 지상의 인간처럼 생각하는 게로구나. 나는 인간이 아니란다. 나는 별이고, 내가 방출하는 에너지의 얼마간의 한 부분이 바로 내 목소리란다."

"저를 볼 수도 있으세요?"

"아주 잘 볼 수 있어. 나역시 너와 똑같은 감각기능을 모

아카바의 선물

두 가지고 있단다. 하지만 그건 별로 이상한 일이 아니야. 우리는 모두가 똑같은 물질로 만들어져 있기 때문이란다.

나에게도 너처럼 감각이… 심지어는 감정까지도 있단다. 나는 울기도 하고 웃기도 하지. 그리고 기분이 좋을 때도 있고, 나쁠 때도 있는 거란다."

"이름이 있으시나요?"

"물론 있단다. 나는 태어난 이후 지금까지 아카바라고 불려왔지. 그러니까 지구상의 시간으로 따진다면 약 10만 년은 될거야."

별 아카바

이미 툴루는 하늘에서 내려온 손님과 이야기를 나누는 데에 아무런 불안감도 느끼지 않고 있었다.

별님과 대화를 한다는 것이 마치 당연한 일인 것처럼 느껴졌다. 그는 미소를 머금고 입안에서 그 괴상한 이름을 중얼거려 보았다.

"아카바… 아카바…

나이가 굉장히 많은데도, 왜 그렇게 작아요?"

아카바의 색깔이 붉어졌다.

"나는 아주 나이가 어린 별이기 때문이란다. 몇 조년만 지나면 나도 너희 지구 사람들이 알고 있는 대각성이나 직녀성처럼 커다란 별이 될 수 있을 거야.

그렇지만 내가 작거나 어리다고 해서 내 임무를 수행하는 데 지장이 있는 것은 아니란다."

"별님들은 모두 말을 할 수 있나요?"

"많은 언어를 통해서 말을 하지. 하지만 커다란 별님들은 서로간에 너무나 멀리 떨어져 있기 때문에 이야기를 나눌 기회를 거의 갖지 못하고 있단다. 커지게 되면 고독이라는 댓가를 치루어야 하는 거야.

그리고 하늘에서는 나처럼 자유로이 움직일 수 있는 작

아카바의 선물

은 별들이 대단히 중요한 역할을 하고 있단다. 너도 나와 같은 작은 별님들이 가끔 하늘을 가로지르며 날아가고 있는 것을 보았을 거야.

우리들은 그와 같이 누군가를 돕기 위해 늘 하늘을 날아다닌단다. 내가 이곳에 온 것도 바로 그런 이유이지."

툴루는 어리둥절했다.

"그러니까 저를 도와주시려고 이곳에 오셨다는 말씀인가요?"

"그렇단다."

"내… 연… 그러니까 아카바 별님은 내 연에 일부러 내려앉으셨다는 말씀이지요?"

"물론이지. 내가 원하지 않는다면, 지구상에 있는 밧줄을 모두 올린다고 하더라도 나를 잡을 수는 없는 거란다. 하지만 어쨌든 네가 연을 날리는 솜씨만은 정말 멋있었다."

툴루는 기뻐서 몸을 빙글빙글 돌렸다. 그는 균형을 잃고 땅바닥에 쓰러질 뻔했다.

"고마워요, 아카바 별님. 고마워요! 이렇게 어려울 때 우리 오두막을 밝혀주고 따뜻하게 해주기 위해 그 먼 곳에서 여기까지 오셨다니 정말 감사해요."

별빛이 연한 푸른색으로 변했다.

"튤루, 내가 여기에 온 것은 그것 때문이 아니란다. 네가 바란다면 그 정도는 해 줄 능력이 있지만, 사실 나는 네게 줄 선물을 하나 가지고 온 거란다. 네 오두막에 잠시 따스함과 빛을 주는 것보다는 훨씬 더 소중한 선물이지."

튤루는 천천히 나무 둘레를 돌며, 눈을 가늘게 뜨고 빛나는 별님을 여러 각도에서 상세히 살펴보았다.

"선물이라고 하셨나요? 안 보이는데요?"

천둥과 같은 웃음소리에 별나무가 흔들거렸다.

"내 선물은 예쁜 종이로 싸서 리본을 단 그러한 선물이 아니란다. 튤루, 잠시 기다려 보렴, 설명을 해줄 테니까.

학교에서 배워서 너도 알겠지만, 이 지구는 지구 사람들이 은하수라고 부르는 거대한 별들의 무리 속에 들어있는 하나의 작은 혹성에 불과한 것이란다.

그런데 이 우주에는 그런 은하수가 수십억개도 넘게 존재하고 있어. 너무도 많아서 그걸 생각해 내려니 머리가 다 어지러워 지는구나.

이 지구가 속해 있는 은하수에만도 1천억 개가 넘는 별

들이 있고, 그 중에서 1억 개 이상의 별에 생물이 살고 있
단다."

"그것은 지금 알았어요!"

툴루가 외쳤다.

"물론 몰랐을 거야. 지구 사람들은 아직도 많은 것을 배
워야 한단다. 하지만 무슨 이유인지 모르지만 생물체가 사
는 그 많은 혹성들 중에서 지구의 인간에게만 유일하게 선
택의 능력이라는 아주 특별한 힘이 있단다.

환경이 어떻든 간에 지구인만이 스스로의 선택을 통해
스스로의 운명을 결정해 나가는 능력을 지니고 있는 거야.

그래서 지구 사람들은 상냥한 사람이나 증오에 찬 사람
이 되든가, 용감한 자나 겁장이가 되든, 부자나 가난한 자
가 되든, 성실해지거나, 죄를 짓거나, 경건해지거나 자기
스스로 선택할 수가 있는 거란다.

그리고 물론 그 행동에 대한 결과는 스스로가 책임지는
거란다. 에덴 동산 시절부터 모든 인간에게는 그러한 능력
이 주어져 있는 것이란다."

"저도 아담과 이브에 관해서는 알고 있어요."

아카바의 빛이 빠르게 뿜어져 나왔다.

"어쨌든 그 두 사람이 잘못된 선택을 한 뒤부터 우리는 지대한 관심을 갖고 이곳 인간들의 행동을 지켜보았단다. 우리는 실망 했어. 두 가지 선택을 앞에 놓고 사람들은 대체로 그릇된 쪽을 택했지.

여러 세기를 통해 인간의 선택 능력을 현명하게 이용한 사람들도 많았지만 대부분은 중요한 시간을 주위의 낙원을 즐기는데 사용하지 못하고, 오히려 자신의 처지를 비관하는 데 더 많이 낭비해 왔어.

이런 말을 하기는 미안하지만 인간은 사는 방법을 모르고 있는 거야. 그리고 튤루, 너 역시도 다른 사람들보다 나을 게 없어."

"저도요?"

"물론이지! 지난 1년 동안 네가 너 자신에 대해 좌절하고 비관적으로 생각했던 것을 잊었니?"

"별님의 선물이 저를 변화시킬 수 있을까요? 그것이 저에게 사는 방법을 가르쳐 줄까요?"

"네 스스로가 노력하고자 하는 마음을 갖지 않는 한 내 선물만으로는 아무 쓸모가 없단다. 생활이란 자신의 내부에서부터 변화해야만 하는 거란다."

"어머니와 똑같은 얘기를 하시는군요."

"나는 네 어머니에 못지 않게 오랫동안 너를 지켜보아 왔단다. 난 너의 특별한 별이므로 네가 태어났을 때부터 쭉 너를 내려다보고 있었단다.

나는 너와 더불어 슬퍼했고… 그리고 네가 글을 쓰는 기술을 습득했을 때 나는 너와 더불어 자랑스러워 했지. 그런데 너는 사고를 당하고 불행을 만났을 때 지상의 다른 인간들이 대개 그러하듯이 너도 또한 인생을 포기했어.

내 선물은 네게 주는 것이지만 가장 높은 산을 오르지 못하거나, 창고를 황금으로 가득 채우지 못해서 자신의 인생이 실패작이라고 생각해버리는 가련한 지상의 모든 사람에게 주는 선물이기도 해."

아카바의 말에 톨루는 덜컥 겁이 났다. 그가 사실 바랬던 것은 그의 오두막을 밝혀주고 따뜻하게 해주는 작은 별이었던 것이다. 톨루의 대답은 너무도 작아 윙윙거리는 바람소리 때문에 거의 들릴까 말까 할 정도였다.

"아카바 별님께서는 전에도 우리들이 살고 있는 이 지구에 오신 적이 있으셨나요?"

아카바 별은 아무 대답도 없이 가물거리기만 했다.

"아카바 별님…?"

"응, 그래 듣고 있어. 너에게 대답을 해야 좋을지, 안해야 좋을지를 생각하는 중이란다. 하지만 어쨌든 간에 너와 내가 많은 이야기를 나누었다는 것은 어느 누구도 믿지 않을 거야."

"저의 누이동생은 믿을 거예요. 별님의 목소리를 듣기만 한다면…."

"그러나 네 누이동생은 내 목소리를 들을 수가 없단다. 별은 지구상에서 그 별의 특정한 사람에게만 말할 수가 있는 거란다."

"어쨌든 좋으니 말씀해주세요. 아카바 별님은 지구에 오신 적이 있으셨나요?"

별빛이 줄어들었다. 자랑스러운 듯한 음성의 대답이 들려왔다.

"왔었지. 아주 특별한 임무를 가지고 이곳에 온 일이 딱 한 번 있었단다. 아주 아주 먼 옛날에 나는 어느 초라한 여관 뒤편의 작은 동굴 위를 밝히라는 임무를 띠고 많은 별들 중에서 선택되어 지구로 파견되었었지. 내 기억에 의하면, 북위 32도에 동경 35도가 되는 지점이었단다.

내게 맡겨졌던 임무는 다른 별들이 도저히 엄두도 낼 수 없는 것이었단다. 동굴을 찾아내면 그 동굴 1천 미터 상공에서 꼼짝 말고 7일간 밤낮을 계속 빛을 발하며 밝게 비추고 있으라는 명령이었어.

그 임무를 다하고 나서야 돌아갈 수가 있었지. 그 임무는 굉장히 힘든 일이었단다. 하지만 난 해내고 말았지!"

질문을 던지는 튤루의 목소리는 어느새 쉬어 있었다.

"그것이 얼마나 오래 전의 일이었나요, 아카바 별님? 그곳의 지명을 기억하고 계신가요?"

"난 아마 그 일을 결코 잊지 못할 거야. 그곳은 꼭 이 마을 만한 작은 마을이었어. 그곳은 다만 사막 한가운데에 위치해 있었지. 그 마을의 이름은 베들레헴이었단다."

제 11 장
아카바의 선물

젠느는 툴루가 케이크를 양껏 먹기를 기다렸다가 그에게 물었다. 툴루는 밤새도록 초록색 장부책에 일기를 쓰느라고 몹시 지친 상태였다.

"오빠, 난 우리 별에 관해 생각하느라고 잠을 조금밖에 못 잤어. 이제 곧 칼발라에서는 우리만이 빛과 따스함을 갖게 될 텐데, 그것은 옳은 일이 아닐 것 같아."

"조그만 별이잖니?"

툴루가 대답했다.

"그것만으로 온 마을을 밝힐 수는 없단다. 더우기 우리에게는 장작도 없고 전기도 끊어져 버렸어. 양초와 석유도 이제 2, 3일 정도 쓸 것밖에 없단다."

"하지만 석유와 양초가 벌써 떨어진 집들도 많다구. 그리고 이젠 라베그 씨가 물건값을 더 올렸기 때문에 살 수도 없다구. 그러니 그 사람들은 어떻게 해?"

툴루는 못 들은척하며 문간으로 걸어갔다.

"발노 삼촌이 오시면 내가 들판에 있다고 말씀드려라. 삼촌과 함께 아카바 별님을 집 안으로 들여놓기 위한 계획을 짜야겠다."

"누구를 들여놓는다구?"

"아카바 별님 말이야."

"아크… 아카… 아카바라고 말했어? 오빠, 벌써 그 별님에게 이름을 지었어?"

툴루는 대답을 하지 않은 채 집에서 나와 절룩거리며 별나무가 있는 곳으로 갔다.

"안녕, 튤루. 너의 밝은 얼굴에 어두운 그림자가 깃들어 있는 것 같구나. 무슨 일이 있었니?"

"안녕, 아카바 별님. 제 동생 때문이에요. 많은 사람들이 우리만큼 별님을 필요로 하고 있으니까, 제가 별님을 우리 집 안에 두는 것은 이기적인 행위라는 거예요."

"으응, 너는 네 동생의 말이 옳다는 것을 깨닫고 양심에 가책을 느낀 게로구나. 우리 자신의 내부에 있는 양심보다 더 정확한 심판자는 없는 법이지."

잠시 동안 침묵하더니 아카바는 다시 말을 계속했다.

"양심에 대한 이야기가 나왔으니 얘긴데, 너는 왜 그 잘 쓰는 시와 소설을 요즘은 쓰지 않지? 왜 자신의 재능을 발휘하지 않고 녹슬게 만드는 거지?"

튤루는 아카바와 마주 보지 않기 위해 고개를 숙였다. 그는 어깨를 으쓱하며 발로 눈을 걷어찼다. 그리고 침울한 목소리로 대답했다.

"무슨 소용이 있겠어요. 나는 절름발이에 공부도 별로 못하고… 대학에 갈 돈마저 마련할 희망도 없는걸요. 내가 쓴 글은 신통치가 못해요.

어느 누구도 셈 사람인 내가 쓴 시에 관심을 보이지는

않을 거예요. 어머니와 저에게는 멋진 계획이 많이 있었어요. 그러나 모두가 이루어질 수 없는 것들 뿐이에요."

아카바에게서 붉은 불꽃이 뿜어져 내려왔다.

"이루어질 수 없는 일이란 없어! 그것은 이곳 지상의 많은 인간들이 수천 년을 두고 뇌까려 온 자기 동정의 말이야. 모든 사람들이 다 역경 앞에서 포기하는 길을 택하지는 않았으니, 지상의 인간들은 그래도 천만다행이다.

그렇지 않았더라면 이 지구상의 인간은 벌써 오래 전에 사라져 버렸을 테니까 말이야. 그런데 넌 너의 빛을 어떻게 갚을 생각이지?"

아카바의 말에 당황하며 틀루는 대답했다.

"빚이라고 하셨나요? 전 누구한테도 빚이 없어요. 라베그 씨의 상점에서 조차도 외상이라는 것은 없는 걸요."

"아니야, 있단다. 너는 선택의 능력과 함께 우리의 창조주가 부여한 가장 귀중한 선물을 받았어. 그것은 바로 생명력이란다.

그것을 받게 되면, 무엇이든 자신의 특별한 자질을 발휘하여 이 세상을 태어났을 때보다 더 나은 곳으로 만들어

놓고 떠나야 하는 의무를 갖게 되는 거란다.

그런데 수 많은 대부분의 사람들이 그 의무를 수행하지 못한 채 삶을 그냥 헛되이 보내고 있지. 그러나 만약 네가 너의 재능을 활용하여 너의 빚을 갚는다면….”

툴루는 잠자코 있을 수가 없었다.

“그럼 어떻게 되나요, 아카바 별님?”

“빚을 갚고 매일 매일 자신의 무엇인가를 이 세상에 나누어준다면, 지상에서의 너의 삶은 조화와 만족과 사랑으로 충만하게 될 것이며 그 이후로는 영원한 왕국에서 영원한 기쁨을 얻게 되는 것이란다.”

툴루는 얼굴을 찡그렸다.

“영원한 왕국이라는 말은 처음 들어보는 말인데요.”

“그럴거야. 지상의 인간들은 우주에 대한 지식에 대해서는 아직도 어린 아이와 같으니까. 하늘을 바라보아라! 네 머리 위를 똑바로 쳐다보라구.”

어둡기만 하던 밤하늘의 별들이 1주일만에 처음으로 갑자기 또렷하게 보였다.

툴루는 하늘을 응시하며 아카바의 다음 말을 기다렸다.

“왼쪽에 저 밝은 별이 보이니? 저 별이 루이 파스테르야, 파스테르에 대해서 좀 배웠었니?"

"배웠어요."

"또한 파스테르의 왼편에 있는 저 별도 보이니?"

"예, 보여요."

"저것이 세네카란다. 넌 그 유명한 로마인을 알고 있겠지?"

"물론, 알지요. 그의 명언을 여러 개나 배웠는걸요!"

"그렇다면 네가 책을 보기 위해 보냈던 시간은 헛된 것이 아니었구나. 자, 이제 너의 오두막 쪽을 보렴. 굴뚝 위의 저 별이 보이지?"

"네."

"갈릴레오란다. 그리고 그 옆에 있는 것이 벤자민 프랭클린이야."

"그 사람도 연을 날렸나요?"

"그래, 그랬단다. 어느 날 밤에는 자칫하면 죽을뻔하기도 했지. 하지만 그가 저기 올라간 것은 연을 날리는 것 이상의 훌륭한 일을 했기 때문이라는 것을 말해줘야겠구나."

"아카바 별님, 그러니까 제가 하느님께서 주신 재능을

이용하여 이 세상을 보다 더 좋은 곳으로 만든다면, 영원한 왕국에서 빛나는 별이 될 수 있다는 말씀인가요?"

"툴루, 우리는 수 천년 동안이나 그 간단한 법칙을 지상의 인간에게 전달해 주려고 무척이나 노력해 왔단다.

그러나 노력했음에도 불구하고 많은 인간들이 자신의 삶에 목적도, 가치도, 계획도 없다고 생각한 채 태어나서 성장하고 죽어갔던 것이야.

그들은 질서와 계획으로 충만되어 있는 우리의 이 거대한 우주가 단지 우연한 것에 지나지 않는다고 착각을 했던

아카바의 선물

거란다. 그러므로 그들에게 삶의 고난에 대처할 용기가 없었다는 것도 그다지 놀라운 일은 아니지.”

“휴!”

틀루는 괴성을 지르며 껑충 뛰었다. 그의 머리가 나무의 가장 낮은 가지에 부딪쳤다. 다리가 성치 못하다는 것도 잊은 채, 그는 별 나무 둘레를 뛰어돌며 손가락으로 하나씩 하늘의 별을 가리켰다. 그가 지적할 때마다 아카바는 하나씩 그 별의 이름을 가르쳐 주었다.

“잔다크… 토마스 에디슨… 마하트마 간디… 셰익스피어… 마르코 폴로… 잉가 마티스….”

“누구라구요?”

틀루의 몸이 굳어졌다. 그의 손은 하늘을 가리킨 채 멈추어져 있었다.

“잉가 마티스. 네가 가리키고 있는 그 별은 바로 너의 어머니란다. 그런데 왜 놀라니, 틀루!”

“제 어머니라고 하셨나요? 하지만 어머니는 다른 분들처럼 유명하지 않잖아요? 어떻게 어머니가….”

“틀루, 넌 내 말을 잘 안 들었구나. 자신의 운명을 수행

아카바의 선물

하려면 돈이 많다거나, 유명하거나, 천재여야 할 필요는 없는 것이란다. 필요한 것은 무엇이든 자신이 지니고 있는 자질을 최대한으로 활용하는 거야.

자신의 기술이 망치질하는 것이라면 집을 지어야 하고, 괭이질을 잘한다면 농사를 지어야 되는 거란다. 또한 바다에 나가는 것이 즐거운 사람은 어부가 되어야 하고, 글재주가 있으면 글을 써야 하는 거야!"

부끄러움도 잊은 채 툴루는 주르르 눈물을 흘렸다. 그는 반짝이는 작은 별을 향해 양손을 내뻗었다.

"어머니… 어머니!"

"그래… 좀 더 자세히 살펴보면 어머니 곁에 너의 아버지가 계신 것을 볼 수 있을 거야. 그 두 사람은 자기 자신을 가엾게 여기지 않으면서 한 순간도 낭비하지 않고 정직하고 열심히 일했기 때문에 이 세상은 분명히 훨씬 더 나은 곳이 된 것이란다."

어린 툴루로서는 아카바의 말을 잘 이해할 수가 없었다. 그는 털썩 무릎을 꿇고 앉았다.

"그렇지만 제가 이곳을 좀 더 나은 세상으로 만들기 위해 무엇을 할 수 있다는 건가요? 여기에서 살아나가는 것

만도 저에게는 참으로 힘겨운데요."

"넌 참으로 운이 좋은 아이란다."

아카바가 말했다.

"저를 놀리지 마세요, 아카바 별님."

"천만에, 나는 너를 놀리는 것이 아니란다. 어린 시인이여! 만약 네가 어느 호화로운 곳에서 태어났다면, 너는 네 자신을 스스로의 노력으로 강인하게 만들 수 있는 기회를 갖지 못했을 거야.

투쟁은 자신의 모든 능력을 발휘할 수 있는 단 한 가지의 유력한 방법이란다. 네 아버지가 돌아갔을 때, 네 어머니께서는 자포자기하셨니? 그렇지 않았어! 넌 네 어머니의 모범을 따라야 했단다.

그런데 너는 그렇게 하지 못하고 오히려 자신을 불쌍히 여기기만 했단 말이야!"

"어쩔수가 없었어요. 저도 저 나름대로 노력은 하고 있어요. 그렇지만 저에게 있어서 산다는 것은 너무나 절망적이에요. 더군다나 다른 사람들처럼 걸을 수도 없잖아요."

아카바의 목소리는 우레와도 같이 너무나 컸다.

"저기에는 또다른 별들도 있단다. 귀머거리였던 베토

아카바의 선물

벤, 장님이었던 밀톤, 너보다 훨씬 더 가난했던 링컨… 그런 별들이 저 위에 있단다. 내 얘기를 명심하여 들어봐라, 툴루!

고난은 저주가 아니라, 축복이란다.

하늘에서 가장 빛나는 별들은 고난의 용광로에서 시련을 받았던 사람들이야.

만약 한 번도 고난을 겪지 않은 사람이 있다면, 그는 세상에서 가장 불행한 사람일거야, 툴루."

아카바의 색깔이 차츰 짙은 청색으로 변하면서 그의 목소리가 부드러워졌다.

"툴루, 이 세상의 사람들은 대부분 자신의 실패에 변명을 하기 마련이란다. 왜냐하면 포기하는 편이 훨씬 더 쉽기 때문이야.

그러나 나는 너에게 절망의 길을 걷게 할 수가 없구나. 내가 여기에 온 것은 네가 네 자신의 삶을 자랑스럽고 만족스럽게 충족시킬 수 있도록 도와주기 위해서란다. 그리고 네가 내 말을 마음에 새겨두고, 또한 나의 선물을 잘 활용하기만 한다면 반드시 그렇게 될 수가 있단다."

"선물… 깜빡 잊고 있었어요."

"툴루, 너에게 줄 내 선물은 아주 작고 단순한 것이란다. 그래서 과연 그것에 대해 그 가치나 힘의 무한함을 깨달을 사람이 있을지 걱정이 된단다.

그 선물이란 내가 아주 오래 전부터 인간이 탄생하고 죽어가는 것을 지켜보면서, 그리고 위대한 성인들과 예언자들의 말이 그대로 묻혀 사라져버리는 것을 지켜보면서 모아둔 것이란다.

나는 이런 잘못을 개선해야만 하겠다고 다짐을 했지. 그래서 지상에 살았던 가장 위대한 인간들의 지혜들을 모아두기 시작했던 거란다. 그런 후 1천년쯤 후에 나는 놀라운 발견을 하게 되었단다."

툴루는 열심히 귀를 기울였다.

"나는 세상에서 가장 현명하고 창조적인 사람들은 시대가 다르고, 사는 장소가 다른데도 다른 대부분의 인간들과는 다른 어떤 일정한 법칙에 의해 인도를 받듯이 행동하고 생활했다는 것을 발견했단다.

그래서 나는 그들이 선(善)하고 평온한 생활을 누리는 법칙과 비법을 모아 '크레덴더'라는 이름을 붙였지."

"크…… 크레덴더? 그게 무슨 뜻인가요, 아카바 별님?"

"미안하구나, 툴루. 난 항상 세네카나 키케로 시대의 언어를 사용하려 해서….

'크레덴더' 란 믿음에 대한 문제, 혹은 믿어야 할 원리 등을 의미하는 라틴어란다. 믿는다, 혹은 신뢰한다는 의미의 동사인 '크레데레' 에서 파생된 것이지."

"크레덴더…."

툴루는 그 이름을 입안에서 뇌까려 보았다.

"아주 이상하게 들리네요. 그리고 어떤 마력을 지니고 있는 것처럼…."

"그렇지. 이 지상에서는 벌써 수 백년 동안이나 사용되지 않은 언어이니까 당연히 이상하게 들리는 거란다.

그러나 그 마법적인 힘은 이미 너의 내부에 잠재되어 있단다. 모든 인간의 내부에 말이야! 그 마법적인 힘은 네가 두 가지 요구만 충족시킨다면 너의 것이 될 수가 있단다."

"무엇이든지 하겠어요, 아카바 별님. 어떤 일이든지요!"

"내가 요구하는 것이 무엇인지 깨닫게 될 때까지는 잠자코 있도록 해. 나는 네가 이기적인 사람이 아니라는 것을 알고 있단다.

그러니 우선 너는 네 마을의 지도자들에게 가서, 그들의 결정에 따라 칼발라 마을 사람들에게 최대한으로 도움이 될 수 있는 장소에 나를 갖다 놓겠다고 말해야 한다. 그들의 결정이 어떻게 내려지든 간에 그 결정에 반드시 따르겠다고 알려 주도록 해라.

다만 태양이 다시 돌아오게 되면, 즉시 나를 여기 아름다운 나뭇가지 위로 다시 데려올 것이라는 단서를 붙여야 한다. 그렇게 해야 나는 다시 너의 연을 타고 하늘로 돌아갈 수 있을 테니까 말이야.

틀루, 내가 지난 번 지구를 방문했을 때에는 그 동굴 위를 자유로이 떠돌아 다닐 수 있었지만, 이번에는 네 도움이 없이는 나 혼자서 지구의 인력권을 벗어날 수가 없단다. 틀루, 그렇게 해주겠니? 나를 위해서… 또 너 자신을 위해서."

틀루는 자신의 자그마한 얼굴을 거친 나무 껍질에 갖다 대었다. 그는 거의 알아차릴 수 없을 정도로 힘없이 고개를 끄덕였다.

"어린 친구! 난 네가 나의 소망을 이루어 줄 수 있는 용기와 착한 마음씨를 지니고 있다고 믿는다. 네 스스로도

아카바의 선물

그렇게 하는 것이 옳은 일이라는 것을 알고 있을 테니까 말이다.

자, 이제 나의 두 번째 요구를 얘기해 주지. 지난 번에 사고를 당하고 회복되면서부터 일기를 써 왔지? 그 초록색 장부에 말이야."

"맞아요. 그런데 어떻게 그것을…? 아, 참! 깜박 잊고 있었네요. 별님은 저에 대해 모르시는 것이 없죠."

"내일, 마을 지도자들을 만나고 돌아오면 그 초록색 장부를 이리로 가져오너라. 크레덴더를 한 글자씩 불러줄테니까 사람들이 날 옮기기 위해 이곳으로 오기 전에 끝낼 수가 있을 거야.

그리고 내가 떠나고 나면 크레덴더를 어떻게 해서든지 세상의 다른 사람들에게도 전해 주었으면 정말 좋겠다.

다른 사람들도 내가 네게 주고자 하는 그런 보람찬 삶을 살아갈 기회를 가질 수 있도록 말이다. 그렇게 해주겠니, 툴루야?"

"네, 아카바 별님. 별님의 말씀이라면 무엇이든지 따르겠어요."

"고맙구나. 그럼, 그렇게 결정된 것으로 믿겠다. 자, 이

아카바의 선물

제 난 좀 쉬어야겠다. 한꺼번에 이렇게 말을 많이 하기는 이번이 처음이란다. 그래서 에너지가 많이 소모된 것 같아. 하지만 내일이면 다시 원기를 완전히 회복하게 될 테니 염려할 것은 없단다. 자 그만 가보도록 해라, 툴루. 난 네가 정말 좋단다."

"저도 그래요, 아카바 별님."

별 나무로부터 내리 비추는 별빛을 받으면서 툴루는 오두막집으로 돌아왔다.

그는 젠느에게 우리의 별을 마을 사람들에게 주기로 결정했다고 말해주었다. 젠느는 매우 기뻐했다.

그리고 나서 툴루는 식탁 앞에 앉아 조금 전에 아카바와 나눈 대화를 한 마디도 빠뜨리지 않고 초록색 장부에 기록하면서 자신이 내일 해야 할 일을 위해 마음의 준비를 하였다.

12월 17일자 툴루의 일기는 이렇게 끝마쳐져 있었다.

나는 하늘에 별이 왜 그렇게도 많이 있는지 그 이유를 이제서야 알게 되었다.

별 하나 하나마다 우리들 한 사람 한 사람을 지켜보게

하신 하느님께서는 정말 생각이 깊으신 것 같다. 사람들이 이 사실을 알기만 한다면, 살아가면서 희망을 잃어버리거나 고독을 느끼게 되는 일은 결코 없을 텐데….

오늘 나는 너무나 많은 것을 알게 되었다. 그러나 그래도 이해할 수 없는 것이 꼭 한 가지가 있다.

그 많고 많은 사람들 중에 왜 하필이면 내가 그 옛날 베들레헴의 작은 동굴 위를 비추었던 바로 그 별을 나의 특별한 별로 갖게 되었단 말인가? 왜 일까?

제 12 장
가장 훌륭한 지혜

　칼발라 마을 의회 의장겸 시장인 툰투 반 그리빈은 머뭇
거리고 서있는 그의 꼬마 손님들의 어깨를 감싸 안으며 화
려한 벽지를 바른 커다란 방으로 안내했다.

　실내에는 여덟 자루의 길다란 양초와 세 개의 등잔불이
환하게 비추고 있었고, 한쪽에선 탁탁 소리를 내며 벽난로

가 타오르고 있었다.

뚱뚱한 몸을 지닌 시장은 대나무 의자에 앉아서, 툴루와 젠느를 번갈아 쳐다보았다.

"오, 이건 정말 영광이구나. 세상에서 유일하게 자신의 별을 지니고 있는 사람이 나를 찾아와주다니… 놀라운 일이야! 오랫동안 함께 이야기를 나눌 수 있었으면 좋겠구나. 그런데 어쩌나, 여기서 한 시간 뒤면 마을 의회 회의가 열리게 되어 있단다…

우리가 직면해 있는 끔찍한 위험에 대처하기 위한 방법을 연구하기 위해서이지. 대부분의 가정에 식량과 석유가 거의 다 떨어졌고, 양초는 다이아몬드보다 더 귀해졌으며, 게다가 전짓줄마저도 산더미같은 눈에 파묻혀 버렸으니…

우리는 바람 앞에 등불같은 처지가 되어 버렸어… 무섭군, 무서운 일이야. 하지만 우리는 살 길을 찾고 말 거야. 결코 항복하지 않을 거란다.

자, 그런데 두 꼬마 손님들은 집에 그 근사한 보물을 두고서 무엇하러 여기에 왔지?"

툴루는 겸연쩍은 표정으로 더듬더듬 입을 떼었다.

"시장님, 우리는 우리 별을 마을 사람들에게 주어서 모두가 그 빛을 받을 수 있게 하려고 합니다."

"뭐라구?"

반 그리빈이 탄성을 질렀다.

"내가 잘못들은 것이 아닌지… 믿기가 어렵구나. 마을을 위해서 너희들의 그 소중한 별을 포기하겠다는 말이냐?"

튤루와 젠느는 고개를 끄덕였다.

"놀라운 일이군. 이건 그 별이 나타난 것에 비할 만큼 위대한 기적이야! 그러면 그 별을 어디에 놓아두는 것이 좋겠니?"

튤루는 머리를 저었다.

"모르겠어요, 시장님. 그 일은 시장님께 맡기겠어요."

"저런, 그렇게 해서는 안 될 일이지! 나에게 맡기다니, 당치도 않은 말이야. 조금만 기다리면 의회 의원들이 이곳에 모이게 될 것이니, 그 사람들이 결정을 짓도록 하게 하자.

그렇게 하는 것이 공식적인 방법일 것이야. 또한 합법적인 것이고… 그래, 그렇게 하자. 의회에서 결정을 해야 할 거야. 그런데 아직도 믿기지가 않구나! 세상에, 이럴 수가…."

가장 훌륭한 지혜

마을 의회의 나머지 의원들은 상점 주인인 핀 라베그 씨, 에르노 브죨크 목사, 아롤 노비스 교장 선생님, 그리고 칼발라에서 유일한 의사인 죠르타 말리 선생님이었다.

　반 그리빈의 길다란 테이블에 모두들 둘러앉자, 그는 회의의 개회선언을 했다. 튤루와 젠느는 테이블의 맨 끝에 바싹 붙어 앉아 있었다.

　반 그리빈은 다른 의안을 모두 제쳐놓고 감격 스러운 음성으로 튤루와 젠느가 그를 방문한 취지를 알렸다.

　우레같은 박수소리가 울려 퍼졌다. 한참 후에 반 그리빈은 테이블을 두들겨서 주목시키고 나서 더욱 점잖은 목소리로 입을 열었다.

　"그럼, 그 별이 놓여질 가장 적합한 장소에 대한 제안을 받도록 하겠습니다. 우선, 브죨크 목사님께서 말씀해 주시겠습니까?"

　목사가 일어났다. 그는 튤루와 젠느를 응시하며 이야기를 시작했다.

　"여러분, 이 세상에서 지금까지 없었던 너무나 위대한 행동을 이 자리에서 보게 된 우리는 굉장한 축복을 받은 사람들입니다.

여기 이 두 사랑스러운 아이들이 아무런 보상이나 대가를 바라지 않고, 또한 마음에서 진심으로 우러나와 자신들의 가장 귀한 것을 이웃과 함께 나누기 위해 이곳을 찾아왔으니… 이것은 진실한 사랑과 거룩한 마음씨의 표현이라 아니할 수 없습니다."

젠느는 초조한 듯 툴루를 쳐다보았다. 툴루는 그저 어깨를 으쓱해 보일 뿐이었다. 목사의 말이 이어졌다.

"여기에는 나를 포함해서 어떤 방식으로든 칼발라의 모든 사람에게 봉사를 하고 있는 사람들이 다섯 명이 계십니다. 그러나 나는 이 의회의 명예를 걸고 그 별이 놓여질 장소는 다른 사람이 아닌 그 별의 주인, 즉 툴루와 젠느에 의해서 결정되어져야만 할 것이라고 생각하는 바입니다…"

상점 주인 라베그 씨는 얼굴이 빨갛게 달아오르며 뭐라고 중얼거렸다. 그러나 다른 사람들은 브졸크 목사의 연설이 끝날 때까지 조용히 귀를 기울였다.

"나는 우리들 각 의원이 차례로 그 별이 놓여야 할 장소와 그에 대한 이유를 이야기한 후에 이 아이들로 하여금 결정을 내리도록 하고 우리들은 그 결정에 따르도록 할 것

가장 훌륭한 지혜

을 제안하는 바입니다."

아롤 노비스가 곧 대답을 했다.

"그 의견에 동의합니다."

지명되기를 기다리지도 않고 핀 라베그는 자리에서 벌떡 일어났다. 그는 두 어린이를 쳐다보며 누런 이를 드러내면서 야릇한 미소를 지었다.

그는 마치 우는 듯한 목소리로 그곳에 모인 사람들에게 마을에서 자신의 상점이 지니는 위치의 중요성과 어두운 곳에서는 손님에게 제대로 봉사할 수가 없다는 사실을 반복하여 강조했다.

아카바의 선물

그는 주먹으로 테이블을 내려치면서 외쳐댔다.

"여러분들은 그 별을 나의 위대한 상점을 밝히는데 사용하도록 해주셔야 합니다. 만약 그렇게 하지 않는다면 우리 마을은 멸망할 것입니다!"

그의 거창한 연설은 그렇게 끝을 맺었다.

그와는 대조적으로 아롤 노비스는 차분한 자세로 교육의 중요성과 불빛이 없으면 아이들을 가르칠 수 없다는 점을 짤막하게 이야기했다.

그는 배우지 않고 헛되이 보낸 지난 날들은 결코 다시 돌아오지 않는다고 설명한 뒤에 마지막으로 이렇게 말했다.

"나는 나 자신이 아니라 미래의 시민들을 위하여 그 별을 요구하는 것입니다. 여러분들은 그들에게 다른 무엇보다도 귀중한 지식의 빛을 주어야 합니다."

말리 의사는 좀 당황한 듯했으나 진지한 태도로 사람들에게 자신의 병원이 이 마을에서는 유일한 의료기관임을 상기시켰다. 그는 자신이 살려낸 생명들과 자신의 병원에서 탄생한 아기들에 관해서도 말했다. 그는 다음과 같이 말하며 이야기를 끝마쳤다.

"나의 병원은 이제 곧 완전한 암흑 속에 갇히게 될 것입

가장 훌륭한 지혜

니다. 그 별이 내 병원에 있게 되면 누군가 죽게 될 사람이 생명을 얻을 것입니다."

마지막으로 브졸크 목사가 나섰다. 그는 마을에 일어난 그 기적과, 툴루의 연을 그 별에게로 인도한 하느님의 손길에 대해서 연설을 했다.

그는 어떤 역경이 생기게 되면 모든 사람의 피난처가 되어야 할 자신의 교회가 텅 비어 있고 어둠속에 빠져있다고 비통한 목소리로 말했다. 교회의 모든 양초와 석유를 가난한 사람들에게 전부 나누어 주었다는 것이었다. 그는 깊이 숨을 들이마신 후 툴루와 젠느를 향해 고개를 숙였다.

"나는 하느님의 기적을 하느님의 집… 예컨대, 교회에 모셔줄 것을 간절히 부탁합니다…"

이윽고 모든 눈길은 툴루와 젠느를 향하고 있었다. 툴루는 안타까운 얼굴로 그의 동생을 바라보았다. 젠느는 지금이라도 울음보를 터뜨릴 것 같은 기색이었다. 젠느는 입술을 깨물며 모기소리같은 가느다란 음성으로 말했다.

"어떻게 해야 좋을지 모르겠어, 오빠."

툴루와 젠느가 결정을 내리지 못하고 있다는 것이 차츰 확실해지자, 반 그리빈 시장의 얼굴에 떠올라 있던 만족스러운 미소는 서서히 멀어져 갔다. 드디어 그는 큰 소리로 손가락을 퉁기며 선언을 했다.

"여러분, 저에게 한 가지 묘안이 있습니다. 오랜 세월동안 여러 가지의 어려운 문제를 성공시켜 온 내 경험에 의하면, 이번 문제에 있어서는 딱 한 가지 방법 밖에는 없는 것 같습니다.

여기 이 아이들은 여러분 중 세 사람을 실망시키는 것이 몹시 힘든 모양입니다. 따라서 나는…."

그는 잠시 말을 중단했다가 다시 계속했다.

"나는 우리가 그 별을 네 조각으로 나눈다면, 모두들 만족할 수 있을 것이라고 생각합니다.

그렇게 함으로써 이 암흑기간 동안 학교, 교회, 병원, 상점을 통하여 온 마을 사람들이 똑같이 그 별의 혜택을 받을 수가 있을 것입니다.

빛의 양은 감소될 것이겠지만 어쨌든 공평하게… 밧줄과 활차(滑車)를 이용하면 그 별을 나무에서 내리는 것은 쉬운 일입니다. 그 다음에 망치와 끌을 이용해서 그것을 네 조각으로 나누는 것입니다. 그렇게 하면 모두 만족할 것입

가장 훌륭한 지혜

니다."

시장은 숨을 헐떡이며 자리에 앉았다.

"안돼요!"

튤루의 비명소리가 방 안에 울려 퍼졌다.

"그건 절대로 안 돼요. 그 별을 쪼개서는 절대로 안 돼요. 만약 그렇게 한다면 그 별은 다시 하늘로 돌아갈 수가 없잖아요.

암흑기간이 끝나면 저는 그 별을 연에 매달아 하늘로 다시 올려보낼 것입니다. 그 별은 우리의 소유물이 아니란 말이에요. 또 그 별은 우리처럼 살아있단 말이에요."

반 그리빈 시장은 버럭 화를 내며 외쳤다.

"그건 그저 불이 붙어있는 작은 돌 덩어리에 지나지 않는 것이야. 그런데 너는 그것에 마치 생명이라도 있는 듯이 말을 하는구나. 아무래도 너희들은 동화책을 너무 많이 읽은 것 같아."

라베그 씨는 노기등등한 태도로 테이블 앞에서 일어서더니 두려움에 떨고 있는 튤루 남매 앞으로 성큼성큼 다가가서 길다란 손가락을 어린 남매의 얼굴 앞에서 휘저어 대며 소리 질렀다.

"그러니까 너희들은 많은 사람들이 도움을 받을 수 있는 데도 그 별을 너희들의 오두막집에 놓아두겠다는 거냐?
너희들은 정말 이기주의자구나!"

라베그 씨는 돌아서서 거만한 태도로 시장을 쳐다보았다.

"우리가 무엇 때문에 마을 전체의 공동 소유인 것을 이 어리석은 고아 아이들에게 달라고 요청을 하며 귀중한 시간을 허비하고 있는 것입니까?"

"그 별은 우리 것입니다."

틸루가 소리쳤다.

"이런, 당치도 않아!"

라베그 씨가 소리쳤다. 그는 아롤 노비스를 향해 고개짓을 해 보이며 말을 계속 이었다.

"너희들은 여기 계신 선생님한테서 '토지 수용권'에 관해서 배우지 않았느냐?"

어린 남매는 힘껏 고개를 흔들었다.

"저런! 그럼, 내가 가르쳐 주지. 토지 수용권이란 어떠한 개인적인 재산이라도 공적인 용도로 쓰이게 될 때, 그 주인에게 적당한 보상을 하면 가져갈 수 있는 정부의 권리란 말이다.

의원 여러분! 나는 우리가 토지 수용권을 발동하여 그 별을 수용할 것을 제안하는…."

"다른 방식으로 그 별을 함께 나누어 가지면 안 되나요?"

자그마한 목소리가 그 늙은 상인의 말을 막았다. 모든 사람의 시선이 젠느에게로 돌아갔다. 그녀는 미소를 지으며 이야기를 계속했다.

"모두들 돌아가면서 2주일씩 그 별을 사용하기로 해요. 그 때쯤이면 태양이 다시 돌아오게 될 테니까요. 사용하는 순서는 제비를 뽑으면 되겠지요."

방 안에는 벽난로 속에서 장작불이 타는 소리만이 들릴 뿐이었다. 이윽고 브졸크 목사가 양 손을 모으며 목메인 목소리로 속삭이듯 중얼거렸다.

"어린 아이들의 입에서… 우리는 어린 아이들이 하느님의 사도이며, 우리에게 사랑과 자비와 동정과 소망을 가르쳐주기 위해 보내진 것이라는 진리를 여기서 다시 한 번 목격하게 되었습니다.

칼발라는 진실로 축복받은 마을입니다. 나는 나이에 견줄 수 없는 훌륭한 지혜를 지닌 젠느 마티스의 제안에 동의하는 바입니다."

브쫄크 목사의 동의안은 재청이 되었고 그대로 행해지게 되었다. 제비를 뽑은 결과 핀 라베그 씨가 1번이 되었다.

그 별은 14일 동안 라베그 씨의 상점을 밝혀주게 되었고 뒤이어서 학교, 병원 그리고 마지막으로 교회를 밝히게 되기로 정해졌다. 그리고 그 다음 날 별을 옮기기 위한 모든 조치가 결정되었다.

집에 가까이 다가감에 따라 툴루와 젠느의 고개는 자꾸만 아래로 내려가기만 했다. 그들은 들판 쪽을 감히 바라볼 수가 없었던 것이다.

그러나 슬픈 마음을 억제하며 툴루는 그 날 있었던 모든 일들을 초록색 장부에 적어놓았다.

가장 훌륭한 지혜

제 13 장

철인(哲人)의 돌

8일째 되던 날 폭풍은 서서히 가라앉았고, 일찍 일어난 사람들은 희미한 반달을 볼 수가 있었다. 그러나 황폐해진 마을의 분위기는 여전히 어두울 뿐이었다.

마을의 순록은 이미 대부분이 굶어 죽어버렸던 것이다. 엄청나게 쌓인 눈 때문에 순록들이 눈 더미 아래의 이끼를 찾아낼 수가 없었기 때문이었다.

잠에서 깨어나기가 무섭게 튤루는 초록색 장부책을 들고 들판으로 나갔다. 튤루는 나무 밑에 가까이 가서 걸음을 멈추었을 때까지 아무런 말도 하지 않았다.

"참, 세상에! 지상에서 최초로 크레덴더를 기록하게 된 사람치고는 너무 풀이 죽은 모습이구나.

비록 양피지 두루마리는 아니지만, 그래도 종이 위에 수백 년간에 걸친 내 조사의 결과가 기록되어지게 되어 나는 무척 마음이 들떠 있는데…."

튤루는 초록색 장부를 떨어뜨리며 기운없이 말했다.

"오늘 사람들이 별님을 데리러 올 거예요."

"아, 그랬었지. 이와 같이 낮은 장소에서는 모든 일을 전부 알기가 어렵단다. 그래, 나의 첫번째 약속을 이제 지킨 것이로구나?"

튤루는 고개를 끄덕였다.

"상점, 교회, 학교와 병원에서 2주일씩 돌아가면서 별님을 옮겨가기로 했어요. 그 다음에는 제가 연에 별님을 매달아 하늘로 다시 보내드릴 거예요."

"아주 잘했구나! 어려운 문제를 꽤 멋지게 해결했으니."

"젠느가 고안해 낸 거예요. 사람들은 별님을 네 조각으로 쪼개자고 했었지요."

"오, 내 생명을 살려줘서 정말 고맙구나. 자, 이제 슬픈 얼굴은 하지 말아요. 우리는 매일 서로 다시 만날 수가 있을 테니까."

"어쩔 수가 없어요, 아카바 별님. 저는 우리가 하는 일이 좋은 일이라는 것을 알고는 있어요. 하지만 별님과 멀리 떨어져 있어야 한다고 생각하면 견딜 수가 없어요.

맨 처음에 아버지가 떠나시고 그 다음엔 어머니가 가시더니, 이젠 또 별님이… 저는 별님이 항상 저희 곁에 있어주길 바래요. 별님은 저의 가장 절친한 친구이기 때문이랍니다. 별님한테 빛이나 열이 있건 없건 간에 그것은 제게 아무 상관이 없어요.

별님께서 제 곁에 있어주기만 한다면, 저는 무엇이라도 포기할 수 있어요. 별님의 그 선물까지도 말이에요."

아카바의 빛이 짙은 핑크색으로 변했다.

"어린 친구여, 제발 눈물을 그쳐라! 난 너의 이기심이 없는 행동을 무척이나 자랑스럽게 생각하고 있단다.

철인(哲人)의 돌

이 지구상에서는 비이기적인 사람이 된다는 것이 그리
쉬운 일이 아니란다. 인간은 다른 어떤 문제보다도 이 문
제에 있어서 더 자주 실수를 하기 마련이지. 만약 그렇게
한다면 자신의 모든 미래가 물거품이 돼버린다는 사실을
깨닫지 못하고서 말이야.

자, 너는 나와의 약속 중 하나를 잘 지켜주었으니 사람
들이 날 데리러 오기 전에 나도 내 약속을 지켜야겠구나.
그럼, 크레덴더를 받아 적을 준비가 다 되었니?"

틀루는 고개를 끄덕이면서, 그의 초록색 장부의 빈 페이
지를 펼쳤다. 주머니 속에서 연필을 꺼내 들며 틀루는 다
음과 같이 물었다.

"아카바 별님! 제가 별님의 선물에 따라 생활을 한다면,
부유하고 유명한 사람이 될 수 있나요?"

아카바에게서 여러 빛깔의 불빛이 폭포수처럼 쏟아져
내려왔다.

"틀루, 너는 무엇보다도 우선 이점을 이해해야 한단다!
부귀와 명예는 바람과도 같이 무상한 것이므로 결국에는
사라지고 마는 것이란다. 그것으로는 결코 영원한 행복을
얻을 수가 없단다.

아카바의 선물

네가 삶에서 무엇을 선택하든지 간에 어떠한 목적을 달성하기 위해 힘껏 일하고 또한 일단 얻어진 것을 유지하기 위해 더욱 열심히 노력한다면, 너의 인생은 진실로 보람된 것이라는 사실을 결코 잊어서는 안된다.

인간은 '철인(哲人)의 돌'을 찾아내려는 허황된 욕망을 없애버리지 않는 한 결코 행복해질 수가 없단다."

"제가 지금까지 읽었던 책 속에는 '철인의 돌'이라는 말이 없었는데요."

쏟아져 내려오던 불빛이 그쳤다.

"그 철인의 돌이란 것은 납이나 구리같은 값싼 금속을 황금과 은으로 변하게 할 수 있는 마법의 물질이라고 한단다. 만약 그것이 있다면 행복과 기쁨이 틀림없이 뒤따를 것이라고 사람들은 믿고 있지. 참으로 어리석은 생각이야!

이 지구상에서 거짓말 중에 가장 지독한 거짓말이 바로 돈이 인간을 행복하게 만들 수 있다는 말이란다! 그리고 두 번째로 지독한 거짓말은 성공과 명예는 어떠한 희생도 치를 만한 가치가 있다는 말이지."

"아카바 별님, 그렇다면 그 '철인의 돌'은 어디에 있을까요?"

"철인의 돌 같은 것은 어느 곳에도 없어!"

별의 고함소리에 나무가 부르르 떨렸다.

"매우 쉽게 행복한 삶을 구할 수 있는 방법이 있다면, 그것은 자연법칙에 위반되는 일이야. 또한 인간은 자연의 법칙을 위반함으로써 멸망하게 되는 것이란다. 자, 그 이야기는 이제 그만두고, 너와 나의 일을 시작하도록 하자."

툴루는 나무에 등을 기대면서 말했다.

"준비됐어요."

"네가 그 장부책에다 크레덴더를 기록하다니 정말 뜻깊

은 일이로구나. 넌 잘 모르겠지만, 장부책이란 것은 사람이 사업상의 모든 이익과 손해를 기록하는 책이란다.

그리고 크레덴더란 인생에 있어서의 이익과 손해를 기록하는 책이란다.

다시 말해서 인생에 있어서의 이익과 손해를 균형있게 만들 수 있도록 도와주기 위한 간단한 지침서와 같은 것이지. 따라서 초록색 장부는 아주 알맞는…."

들판 너머의 어두운 곳에서 갑자기 세 개의 램프 불이 춤을 추듯 너울거리며 나타났다. 틀루는 깜짝 놀라서 장부책을 옆으로 던지고 몸을 일으켰다.

"안돼요! 아카바 별님. 사람들이 벌써 오고 있어요. 우린 아직 시작도 하지 않았는데… 어떻게 하면 좋아요. 어떻게 해야 되나요?"

별은 차분한 목소리로 대답했다.

"어려운 상황에 처할수록 침착해야 된단다. 틀루, 어서 일어나라! 내가 떠난 뒤에도 함께 있을 수 있는 시간은 많아. 아직 나에게서 선물을 받을 기회는 얼마든지 있단다.

난 너를 자랑스러워하고 있는데… 자, 당황하지 말고 침착하거라, 틀루."

철인(哲人)의 돌

툴루가 대답을 하기도 전에 발노 삼촌이 두툼한 밧줄 꾸러미를 들고 그의 옆으로 왔다. 발노 삼촌은 화가 난 것 같아 보이기도 했고, 주저하는 것 같아 보이기도 했다.

발노 삼촌의 뒤에는 4명의 마을 의회 의원들과 싱글거리는 얼굴로 시장이 서 있었다.

발노는 툴루의 등에 그의 손을 얹었다. 그는 얼굴을 찡그린 채 다른 사람들을 향해 고갯짓을 하며 이렇게 말했다.

"네가 너의 별을 가져가도 좋다고 허락했다고 하는데 그게 사실이니, 툴루야?"

"네, 삼촌."

"그 결정은 너의 자유로운 의사와 판단에 의해 내려진 것이냐? 혹시 시장님이나 다른 사람들이 너에게 강제로 시킨 일은 아니니?"

"젠느와 저는 여러 사람들이 혜택을 받을 수 있는데도 우리만 그 별을 간직한다는 것은 옳지 않은 일이라고 결정했어요."

발노 삼촌은 그의 넓다란 어깨를 으쓱해 보였다.

"잘 알겠다. 그렇다면 작업을 시작해야겠구나. 자, 별을

아카바의 선물

끌어내릴 테니 네 동생을 이 나무 가까이 오지 못하도록
해라."

"조심하세요, 삼촌."

발노 삼촌은 싱긋 웃었다.

"나를 위해 조심하라는 말이니, 아니면 너의 귀중한 별
을 조심스럽게 다루라는 말이니?"

툴루와 젠느가 걱정스러운 표정으로 지켜보는 가운데
시장과 교장 선생님은 네 마리의 순록이 끄는 썰매를 나무
바로 아래에 세워 놓았다. 젠느의 작은 손을 꼭 쥐고 있던
툴루는 동생이 흐느끼며 자그마한 몸을 떨고 있다는 것을
느낄 수가 있었다.

발노 삼촌은 나무 위로 올라가 별의 둘레를 조심스럽게
밧줄로 감아 묶었다. 그는 여러 곳을 묶은 후에 옆 가지로
옮겨가서 밧줄을 높다란 가지에다 걸쳤다. 아래에서 밧줄
을 잡아당겨 별을 나뭇가지 사이에서 끌어올린 후에 다시
아래로 내려뜨려 썰매에 실으려는 것이었다.

이윽고 발노 삼촌이 시장에게 신호를 보냈다. 의원들은
모두 밧줄을 꽉 잡고 끌어당기기 시작했다. 나무가 흔들
리면서 별은 나뭇가지 사이에서 빠져나와 서서히 회전을

철인(哲人)의 돌

하면서 남자줏빛 하늘을 배경삼아 조금씩 올라가기 시작
했다.

"마치 커다란 크리스마스 트리같은 모양인데, 오빠!"

한숨을 길게 내쉬며 젠느가 말했다.

바람에 가볍게 움직이며 은빛에서 붉은색으로, 그리고
다시 황금색으로 변해 가는 별의 빛깔을 응시하며 어느 누
구도 입을 열지 못했다. 아카바가 차츰차츰 썰매를 향해
내려지는 것을 쳐다보며 툴루는 주먹을 불끈 쥐었다.

갑자기 발노 삼촌의 고통스러운 비명소리가 들판을 가
로질러 퍼졌다.

"빨리! 빨리! 해! 밧줄이 벌어지고 있어! 얼른 밧줄을 낮
추어요! 어서!"

밧줄을 잡고 있던 사람들은 최선을 다 했지만 그들의 동
작은 그래도 너무나 느렸다. 마치 커다란 시계추처럼 흔들
거리던 별은 벌어진 밧줄 사이로 빠져나와 불꽃을 내뿜으
며 땅에 떨어졌다. 들판은 갑자기 암흑 세계로 변하였다.

비명을 지르며 툴루는 떨어진 별에게로 달려갔다.

"우리가 죽였어요. 죽인 거예요! 아카바 별님의 불빛이

사라졌어요. 아카바 별님은 죽었어요!"

툴루는 눈 속에 반쯤 파묻혀 버린 잿빛 돌 덩어리 위에 엎드렸다.

"아카바 별님, 죄송해요. 별님은 그냥 하늘에 계셔야 했어요. 괜히 저를 도와주시려고 하다가 죽게 된 거예요. 정말 죄송해요!"

아롤 노비스가 제일 먼저 입을 떼었다. 툴루는 생명이 끊어진 별 위에 아직도 쓰러져 있었다. 노비스 선생은 화가 나서 라베그를 노려보며 말했다.

"욕심 때문에 이런 비극이 생긴 거예요."

"무식한 것이 죄요."

라베그는 등잔불로 벌어진 밧줄을 비추며 말했다.

브졸크 목사가 손을 치켜 올리며 말했다.

"하느님의 말씀입니다. 이 사건은 인간이 자연을 넘겨다 볼 때 어떠한 결과가 일어나는가를 일러주는 또 하나의 경고입니다.

콘크리트로 만든 우리의 고속도로는 하느님의 숲을 황폐시키고 있으며, 우리의 탄광은 하느님의 산을 갉아먹고, 우리들의 공장은 하느님의 대기를 오염시키고 있습니다.

철인(哲人)의 돌

이 별은 하늘에 떠있는 다른 모든 별들처럼 하느님의 보석이었습니다. 우리에게는 그것을 우리의 천박한 목적으로 사용할 권리가 없었던 것입니다. 하느님! 우리들의 죄를 용서하옵소서!"

"여러분….."

침울한 표정으로 시장은 한숨을 내쉬었다.

"우리가 어떠한 변명을 해도 이 사랑스러운 별이 다시 빛을 발하지는 못할 것입니다. 우리는 재를 황금가루로 만들 수는 없습니다.

모두들 집으로 돌아가 이 위기를 대처할 또 다른 해결방법을 찾아낼 수 있게 해달라고 기도를 드립시다!"

사람들이 모두 떠나자, 발노 삼촌은 땅에 떨어진 별 옆에 무릎을 꿇은 채 꼼짝하지 않고 앉아있는 그의 조카들에게로 다가섰다.

"애들아, 여기 이러고 있는다고 무슨 소용이 있겠니. 자, 집으로 돌아가자꾸나."

발노 삼촌은 젠느를 일으켜 가슴에 안았다. 툴루는 절뚝거리며 나무 아래로 가서 그의 장부책을 찾아 들었다. 그는 다시 별에게로 돌아가 이제는 차가와진 별의 거친 표면을 쓰다듬었다.

"제발 용서해 주세요, 아카바 별님. 저는 빛이나 열기가 없어도 별님의 곁에 있고 싶다고 말했지요. 그런데 이제 제 소원대로 이루어졌네요. 그런 소원을 말하지 말았어야 했는데… 저도 함께 죽고 싶어요…."

별 나무도 바람을 맞으면서 흐느껴 울고 있었다.

철인(鉄人)의 돌

제14 장
칼발라를 위하여

들판에서의 그 비극적인 사건 이후 반 그리빈 시장은 아무런 상념도 없이 푹신한 침대 위에서 코를 골며 자고 있었지만, 나머지 의원들은 거의 잠을 이루지 못했다.

핀 라베그는 자신의 행운이 너무나 갑작스레 사라져 버린 것에 실망한 나머지 그의 상점 안의 어두컴컴한 통로를

칼 발라를 위하여

서성거리고 있었다. 그의 상점에는 가느다란 양초 두 자루가 불을 밝히고 있었다.

이제 그는 태양이 다시 돌아와 길에 쌓인 눈이 녹을 때까지는 매상과 이윤을 늘릴 수가 없을 것이다.

그는 깡통에 담긴 식료품들이 진열되어 있는 선반에 자신의 머리를 부딪치며 시장과 툴루 마티스에 이르는 모든 사람들에게 욕설을 퍼부어댔다.

죠르타 말리 의사는 그의 작은 병원에 있는 두 명의 환자를 마지막으로 한 번 더 진찰해본 뒤에 담요를 한 장씩 더 덮어주고 두 개의 등잔불을 모두 꺼버렸다.

응급 환자만 없다면 연료가 나흘 정도는 더 버틸 수 있을 것이다. 그러나 수술실을 이용하게 된다면 모든 것은 순식간에 사라져 버릴 것이다.

한편, 아롤 노비스 교장 선생은 아무도 없는 쓸쓸한 교실의 책상 앞에 앉아 노란 색깔의 메모지 위에 작은 별들을 그리고 있었다.

거의 다 타버린 한 자루의 양초가 깜박거리며 여린 빛을 흘리고 있었다. 그가 처해 있는 상황은 거의 절망적이었다.

학교는 공식적으로 문을 닫을 것이 확실했다. 그리고 칼 발라에서는 수업을 하는 기간에 대해서만 교사에게 봉급을 지불하게 되어 있었다. 그는 속으로 중얼거렸다.

"이번 겨울은 여러 모로 가장 추운 겨울이 되겠구나…."

에르노 브죨크 목사는 어두컴컴한 교회에 홀로 앉아서 지난 며칠간의 괴이한 사건들을 곰곰이 생각해 보았다.

지구상에서 마지막으로 기적이 일어났던 때가 언제였던가? 바깥세상의 사람들에게 이 기적을 알릴 증거가 과연 있을까? 무식하고 순진한 셈 사람의 말을 아무도 믿으려고 하지 않을 것이다.

결국 그 사건은 외부 사람들에게는 완전히 무의미한 것이 되고 말 것이다. 사실상 반쯤 흙에 파묻힌 검게 그으른 돌덩어리가 있기는 했다. 그러나… 그는 고개를 저으면서 하느님께 기도를 올렸다.

가능한 대응책을 맨 처음으로 착안해 낸 사람은 라베그 씨였다. 꽤 늦은 시간인데도 불구하고 그는 순록 두 마리가 이끄는 썰매를 타고 눈 속을 헤치며 마티스 가의 오두막집을 찾아왔다.

상점 주인은 자고 있는 두 아이들을 깨워 일으키고 다음과 같이 말했다.

"애들아, 나에게 우리의 문제를 해결할 좋은 묘안이 떠올랐다. 내가 아니면 아무도 그런 생각을 해내지 못할 거야!"

툴루와 젠느는 눈을 부비고 잠을 떨어내며 그의 다음말을 기다렸다.

"넌 연을 다시 날려보내서 다른 별을 또하나 따 와야 해! 한 번 해냈으니 틀림없이 또 해낼 수 있을 거야. 더욱 중요한 사실은 노끈과 밧줄은 모두 네가 갖고 있다는 거야. 내 밧줄을 몽땅 사버린 것은 참으로 현명한 처사였다.

그렇지 않았다면 온 마을 사람들이 서로 별을 따려고 할 테니 말이다. 너만이 우리 마을을 구원할 수가 있다는 사실을 명심해라.

툴루야, 별을 다시 한 번 따서 봄이 올 때까지 나에게 맡기도록 하면 어떻겠니. 그렇게 한다면 네게 어마어마하게 큰 상금을 줄께. 난 네 어머니가 너를 대학에 보내야겠다고 입버릇처럼 말하던 것을 기억하고 있단다.

내게 별을 가져다준다면, 나는 겨울 동안의 이윤을 너와

아카바의 선물

나누도록 하겠다. 그 액수면 최소한 1년간의 등록금은 될 수 있을 거야. 어떻게 생각하니?"

툴루는 놀라 잠이 덜 깬 상태에서 머리를 흔들어 댔다.

"또 다른 별을요, 라베그 씨? 모르겠어요… 모르겠어요."

"자, 어서 생각을 좀 해보려무나. 이건 네가 무언가가 될 수 있는 좋은 기회란 말이다. 어쩌면 마지막 기회일지도 모른다구. 더군다나 내가 항상 이런 제안을 하는 것도 아니지 않니. 벌써 자정이 지나갔다. 오늘 정오까지 결단을 내려서 나에게 알려다오. 알겠니?"

두 아이가 아직 잠들어 있는 이른 아침에 또 다시 그들의 집 문을 두드리는 어떤 사람이 있었다. 젠느가 문을 열자 브졸크 목사가 좁은 문을 비집고 들어왔다.

젠느는 커피를 한 주전자 끓였다. 초조한 듯 커피를 몇 모금 홀짝거리며 마시다가 이윽고 목사가 입을 열었다.

"개인적으로 너희들의 그 커다란 손실에 대해서 위로를 해주러 오고 싶었다.

하느님께서 우리에게 주신 것은 하느님께서 다시 거두어 가시리라는 것을 우리 모두는 잘 알고 있지만, 이 위대한 기적이 어찌 그렇게도 빨리 사라져야 했는지 모르겠구나. 나는 하느님께 나를 이끌어 달라고 기도를 올렸다. 이제 나는 그 응답을 얻었다고 생각한다.

툴루야, 그리고 젠느야… 너희들은 연을 다시 날려야 한단다. 하늘 높이 연을 날려 올려라. 그리고 다시 별을 얻게 된다면 부디 그것을 교회로 가져오지 않겠니?

우리 고장의 모든 사람에게 용기와 격려를 줄 수 있도록 말이야. 그렇게만 해준다면 그 대신에 나는 내가 할 수 있는 단 하나의 방법으로 너희들에게 보답을 하겠다. 나는 내가 살아있는 한 하루도 빠짐없이 너희들의 영원한 영광을 위해 기도하겠다."

아카바의 선물

브졸크 목사가 떠난 지 30분도 채 되기 전에 말리 의사가 그들을 방문했다. 그 사람 역시도 위로의 말과 더불어 툴루의 다리가 어떤지를 물었다. 그리고 그는 다음과 같이 말했다.

"툴루, 난 나의 병원이 여러 세월 동안 이 마을 사람들을 위해서 많은 봉사를 해왔다고 생각한다. 난 무료로 치료해 준 적도 많았다.

지금 내 병원의 연료는 거의 바닥이 나 있구나. 만약 불행하게도 누군가에게 사고가 일어난다면… 너의 경우처럼 말이야… 그렇게 된다면 나는 어두운 병원에서는 수술을 할 수가 없단다.

내 생각에는 네가 너의 연을 다시 날려야 한다고 믿는다. 연을 날려서 다시 한 번 별을 따는 기적을 일으켜다오. 그리고 나서 그 별을 병원으로 가져오렴.

우리 보다 훨씬 더 불행한 사람들의 생명을 위해서 그렇게 해주기 바란다."

툴루는 어색한 미소를 머금었다.

"브졸크 목사님께서도…."

"목사께서도 이곳에 와서 똑같은 제안을 했단 말이냐?"

"네, 그리고 라베그 씨도요."

말리 의사의 얼굴은 창백해졌다. 그는 외투를 집어들면서 말했다.

"그 생각은 미처 못했었구나. 하지만 어쨌든 네가 다시 한번 시도해 보기로 결심을 한다면, 꼭 우리 병원을 생각해 주길 부탁한다."

아롤 노비스 교장 선생은 정오 바로 전에 찾아왔다. 그의 안색은 잿빛이 되어 있었으며, 잠을 못 이루었는지 눈은 반쯤 감겨 있었다.

"툴루, 간단히 요점만 말하도록 하겠다. 나는 네가 지난번과 똑같이 시도하기만 한다면 다시 다른 별을 따는 것이 수학적으로 가능하다고 확신한다. 나는 너에게 연을 다시 한 번 날려달라고 부탁을 하러 왔단다. 너의 친구요, 동료인 학교의 아이들을 위해서 말이다."

툴루는 대답을 하려 했으나 교장 선생님은 손을 들어 그의 말을 막고 이야기를 계속 이어나갔다.

"툴루, 아이들을 위해서 새로운 별을 하나 따 다오. 그렇게 해준다면 나는 내년에 네가 장학생으로 대학에 갈 수 있도록 힘껏 도와주겠다.

대학에는 나의 친구들이 있으므로 내가 어느 정도 영향력을 행사할 수가 있단다. 또 네가 시험에 합격할 수 있도록 네게는 특별히 과외로 공부를 가르쳐 주마."

교장 선생님은 두 아이의 답변을 기다리지도 않고 바삐 그 곳을 떠났다.

저녁이 되자 손님이 한 사람 더 방문했다. 발노 삼촌이었다. 그는 큼직한 램프등을 들고 문가에 서서 들판 쪽을 가리켰다.

"너희들 오늘 별 나무가 있는 곳에 가보았니?"

"아니요. 왜요?"

발노 삼촌은 야릇한 미소를 지었다.

"자, 따뜻한 옷을 껴입고 나를 따라오너라."

발노 삼촌은 램프등을 들고 길을 밝히며 갔다. 그 나무에서 40미터쯤 떨어진 약간 경사진 지점에 도달하였을 때, 발노 삼촌은 램프등으로 나무의 밑부분을 가리키며 소리를 질렀다.

"저것 좀 봐라!"

그곳에는 틀루의 순록들이 모두 한군데 모여 나무 아래

의 잿빛 별 덩어리를 응시하고 있었다. 그 순록들은 사람들이 접근하는데도 조금도 당황하지 않고 나무 주변에 모여 있었다.

젠느가 속삭였다.

"저기 좀 봐 오빠. 여느 때와는 달리 낑낑거리지도 않잖아. 바람소리 외에는 아무런 소리도 들리지 않아."

"저놈들이 왜 저러고 있을까요, 삼촌?"

툴루가 물었다.

발노 삼촌은 고개를 흔들며 어깨를 으쓱해 보였다.

"기적을 일으킨 것은 너희들이 아니었니? 난 너희들이 알고 있을거라고 생각했는데, 난 한평생을 순록과 함께 생활해 왔지만 이런 일은 처음 겪는구나. 마치 떨어진 네 별에게 애도를 표시하러 모여든 것 같지 않니.

아무튼, 자기 가족이 죽어도 저런 일은 없었는데… 저것 좀 보렴! 지금 이 순간에는 늑대가 달려들어도 꼼짝하지 않을 기세 같구나. 나로서는 도저히 모를 일이야.

지난 한 주일간의 일이 전부 알수 없는 일로 꽉 찼지만 말이야. 하여튼 저 별 때문에 순록들이 저런 행동을 한다면 그걸 파묻어야 할 것 같은데…."

아카바의 선물

"안돼요!"

젠느와 튤루는 동시에 소리를 질렀다.

튤루는 순록들 사이를 밀치고 나무 밑으로 달려갔다. 그는 땅에 엎드려 파묻힌 별을 부드럽게 어루만졌다.

"튤루! 튤루야!"

발노 삼촌의 음성이 튤루의 명상을 깨뜨렸다. 그는 다시 일어나 절룩거리며 두 사람에게로 갔다. 발노 삼촌이 물었다.

"그럼, 어떻게 해야겠니? 아무튼 이것은 너의 별이니까 말이다."

이제 튤루의 목소리는 힘이 있었고 확신에 넘쳐 있었다.

"제가 해야할 일이 무엇인지 이제 알겠어요. 순록은 아주 현명한 짐승이에요. 전 그들이 저에게 무엇인가를 얘기하려고 여기 모인 것이라고 믿어요."

"튤루, 제발…."

신음소리를 내듯 발노 삼촌은 말했다.

"그건 어리석은 이야기야. 네 머리 속은 허황된 전설과 책에서 읽은 동화로 가득 채워져 있는 것 같구나. 순록은 그저 순록에 불과한 짐승이란다."

툴루는 고개를 들어, 별이 총총히 박힌 하늘을 쳐다보며 다시 한 번 말했다.

"제가 할 일이 무엇인지 알았어요."

"그럼, 어디 얘기를 해 보렴."

"전 연을 다시 날릴 거예요. 그리고 하느님의 뜻이 그것이라면 우리는 칼발라를 밝혀줄 새로운 다른 별을 얻게 될 거예요."

제 15 장
새로운 별 '리라'

들판에 이르자 마을 사람들의 우레같은 박수와 격려의
환호성이 그들 세 사람을 맞아주었다.

"입장료를 받을 걸 잘못했군."

세차게 부는 바람에 퍼덕거리는 연을 끙끙대며 운반하
던 발노 삼촌이 투덜거리듯 중얼거렸다.

4명의 의회 의원들과 함께 반 그리빈 시장이 다가왔다. 그는 모든 사람이 들을 수 있게끔 목소리를 드높였다.

"여러분! 오늘은 칼발라의 모든 주민들이 결코 잊지 못할 역사적인 날입니다. 말할 필요도 없겠지만, 우리 모두의 운명은 여기 이 소년의 손에 달려 있습니다. 모두들….

"틀루!"
발노 삼촌이 갑자기 고함을 질렀다.

"어서 서둘러라! 더이상 이 괴물같은 것을 더 들고 있을 수가 없어. 막 날아가 버리려고 하지 않니. 잘못하다가는 나도 같이 날아가 버리겠다. 서둘러 이것을 하늘로 날리자꾸나. 어서!"

발노 삼촌은 연을 머리 위로 높이 들어올린 채 불안해하며 버티고 있었다. 이윽고 별 나무가 휘청거릴 만큼 강력한 바람이 휘몰아쳐 왔다. 틀루가 소리를 질렀다.

"지금이에요!"
발노 삼촌은 마치 역도 선수와 같이 소리를 지르며 연을 밀어올렸다. 연은 마치 대포로 쏘아올린 듯 금새 하늘 높이 떠올랐다.

아카바의 선물

쏜살같이 손가락 사이를 빠져나가는 연줄을 조정하려면 툴루는 젖먹던 힘까지 모두 짜내야만 했다. 얼마되지 않아 그는 밧줄과 그의 가죽 장갑이 서로 마찰하여 뜨겁게 달아오르는 것을 느낄 수 있었다. 그는 고개를 들어 하늘을 올려다보았다. 연의 하얀 꼬리가 눈으로 가득 찬 구름의 맨 꼭대기를 뚫고 막 사라져 가고 있었다.

고통스럽고 괴로운 시간이 거의 세 시간 이상이나 지나갔다. 마을 사람들은 점점 불안해져 가고 있었다.

추위에도 불구하고 툴루의 얼굴은 온통 땀으로 범벅이 되어 있었으며, 그의 입안은 바싹 말라 순록 고기를 씹는 듯한 맛이었다.

어깨가 쑤시고 오른쪽 무릎의 감각이 둔해졌다. 매서운 바람으로 인해 눈이 따가왔다.

그는 그만두고 싶었다. 연을 그냥 날려보내 모든 고통을 끝맺고 싶었다. 그러나 그는 그럴 수가 없었다.

그에게는 아카바와… 어머니와… 마을을 위해서 이번의 연 날리는 일을 성공시켜야 한다는 스스로의 사명이 있었다. 마침내 첫 번째 경우처럼 연줄을 끌어 올리던 힘이 갑자기 멈추었다.

"왜 그래 오빠? 뭐 잡았어?"

"모르겠구나, 젠느야."

헐떡거리며 틀루가 말했다.

"그랬으면 오죽이나 좋겠니… 줄을 끌어당길 테니까 내 옆에 가만히 서 있도록 해라."

틀루는 줄을 잡아당겨 보았다. 아무런 저항도 느껴지지 않았다. 차분하게 그는 조금씩 조금씩 줄을 아래로 끌어내렸다. 웅성거리며 마을 사람들이 그의 곁으로 모여들었다.

"보여요! 보여!"

사람들 틈에서 어떤 여자의 찢어지는 듯한 외침소리가 들렸다.

"나도 보여요!"

젠느가 소리쳤다.

"빛이… 불빛… 점점 다가오고 있어요. 오빠, 성공이야, 성공! 또 별을 잡은 거야!"

사람들은 소리를 질러대고 웃음보를 터뜨리며 앞으로 밀려와 서로 먼저 그들의 어린 영웅 틀루에게 축하를 하고 그의 손을 잡아보려고 아우성이었다.

"뒤로 물러나요!"

손을 들어 조카를 감싸 안으며 발노 삼촌이 소리쳤다.

"제발, 제발! 툴루에게 공간을 주어야 해요… 조심하게요! 저것이 머리 위에 떨어지면 죽을지도 몰라요! 물러서요, 제발!"

한 줌의 줄을 끌어내릴 때마다 별은 어둠을 뚫고 서서히 밑으로 내려왔다. 고개를 들어 하늘을 우러러 보던 사람들의 얼굴은 온통 따뜻한 오렌지빛 광채로 물들어 있었다.

발노 삼촌마저도 거친 얼굴 위로 눈물을 흘리면서 능숙하게 연을 다루어 내리고 있는 그의 조카를 자랑스러운 표정으로 지켜보았다.

이윽고 그 자그마한 별과 연은 별 나무 바로 위에까지 내려왔다. 툴루는 더욱 조심스럽게 연줄을 다루어 새로운 별을 지난 번에 아카바를 놓아 두었던 바로 그곳 나뭇가지 사이에 내려놓았다.

들판에서 축하 잔치가 끝나고 젠느가 잠이 든 지도 꽤 오래 되었으나, 너무나 마음이 들떠 있던 툴루는 잠을 이루지 못해 다시금 들판으로 나갔다.

그는 별 나무를 타고 올라가 그 별과 한 팔 정도의 거리인 위치에까지 다가갔다. 이번의 별은 아카바보다 더욱 작은 별이었으며, 여러 가지의 분홍색과 노란색 등으로 끊임없이 변해가고 있었다.

툴루는 떨리는 손으로 따스하고 단단한 별의 표면을 가만히 쓰다듬었다.

툴루가 한숨을 내쉬며 말했다.

"이렇게 아름다울 수가… 저의 기도를 들어주어서 정말 고마와요."

"천만의 말씀!"

툴루는 가까이에 있는 나뭇가지를 붙잡았다. 그렇지 않았더라면 그는 땅바닥에 떨어졌을 것이다.

"이번에도 말을 할 줄 아는 별이! 세상에 이럴 수가."

"꼬마야, 우린 모두 말할 수 있단다. 아카바 별님의 말을 벌써 잊었니? 어쨌든 나 때문에 놀랐다면 미안해. 나는 네가 지금쯤은 별과 대화를 나누는 것에 꽤 익숙해져 있을 것이라고 생각했단다."

"아카바 별님을… 아세요?"

"물론, 알지."

"아카바 별님은 죽었어요."

톨루가 속삭였다.

"저기 저 나무 밑을… 보세요."

"여기에 오지 말았어야 했었는데… 우리들은 모두 다 이번 임무가 지난 번에 그가 베들레헴에서 해냈던 일보다 훨씬 더 위험하다고 경고를 했었단다. 하지만 그는 그것에 조금도 개의치 않았어.

그는 임무가 끝나면 네가 그를 도와 하늘로 돌아오게 해줄 것이라고 믿고 있었지.

새로운 별 '리라'

그는 너를 인도하는 별이기 때문에 네가 태어났을 때부터 계속해서 너를 내려다보고 있었단다. 우리들은 대부분 한 명 이상의 인간을 맡아 지켜보면서 너무 뚜렷하게 드러나지 않는 범위 내에서 그 사람을 도와주고 있어.

내가 맡은 사람은 로데지아라는 지역에 사는 예쁜 여자아이란다. 아카바는 너의 글솜씨가 놀랍게 진전되는 것을 지켜보면서 너는 아주 특별한 아이라고 생각했었지.

그러던 중 너는 불행한 사고를 당하고 나서 자신감을 잃게 되었지. 그는 몹시 화를 냈어. 그가 그렇게 화를 내는 것은 처음 보았었다.

그는 너와 대화를 해보려고 시도를 계속했지만 너의 머리는 온통 좌절감과 자신에 대한 가엾은 생각으로만 가득 차 있었지. 때문에 그런 상황에서는 너와의 대화에 성공할 수가 없었단다.

그래서 그는 마침내 이곳으로 내려와 너를 구원해야겠다고 다짐을 했던 것이란다."

툴루는 고개를 떨구었다.

"아카바 별님은 저를 위해 소중한 자신의 생명을 희생하신 거예요. 작은 고장의 하찮은 저 때문에…"

"툴루야, 넌 정말 잘못된 생각을 갖고 있구나. 하느님께서는 아무것도 아닌 사람을 결코 창조하지 않아! 그리고 하느님께서 모르고 계시거나 사랑하지 않을 만큼 작은 마을이란 없는 법이란다.

더군다나 더 이상 너의 친구인 아카바 때문에 비통해서는 안 된단다. 그는 죽지 않았어!"

"아니에요, 죽었어요! 보이지 않으세요? 저 나무 밑을 보세요!"

"다시 한 번 말하지만 아카바는 죽지 않았단다. 저기 돌덩어리는 그의 것이지만, 네가 영원의 왕국으로 돌아갈 때 네 육체를 버리는 것과 마찬가지로 아카바도 또한 그렇게 된 것이란다.

그는 다시 하늘로 올라가 어디에선가… 지금 이 순간에도 우리를 내려다보고 우리의 말을 엿듣고 있을 거야. 난 확신하고 있단다.

물론 그는 인생을 새로 시작해야 할거야. 하지만 약 5만 년 정도되는 그는 전과 마찬가지로 다시 하늘을 날아다니게 될 거야. 5만 년이란 세월은 그다지 오랜 시간이 아니지."

툴루는 눈을 부릅뜨고 별이 총총히 박힌 하늘을 바라보았다.

"제가 여지껏 들어본 얘기중에 가장 좋은 소식이에요! 아카바 별님이 살아 계시다니! 아카바 별님이 살아 계시다니! 아, 다시 만날 수 있다면 얼마나 좋을까!"

"그렇게 될 수 있을 거야, 툴루."

"이렇게 반가운 소식을 전해 주셔서 정말 고마와요. 그런데 저어…"

"난 리라라고 한단다."

"리라? 목소리가… 아카바 별님과는 틀리네요. 마치…"

"여자 목소리 같다는 말이니? 그건 사실이야. 난 여자이니까."

"정말이에요?"

"물론이란다. 무엇 때문에 넌 하늘의 별들이 모두 남자라고 생각하게 되었니?"

"리라…? 참 예쁜 이름이군요. 별님은 정말 예뻐요."

별은 짙은 주홍색으로 타올랐다.

"고맙구나, 툴루야. 진심에서 말하는 칭찬은 친구를 사귀는 훌륭한 방법이지."

아카바의 선물

한참 동안 침묵을 지키다가 이윽고 튤루는 더듬거리며 다음과 같이 말했다.

"리라 별님, 아카바 별님께서 저를 도와주시려고 굉장히 큰 모험을 하시면서 이곳에 오셨는데… 리라 별님은 어떤 이유로 해서 여기에 오시게 됐나요?"

튤루는 용기를 내어 다그쳐 물었다.

"리라 별님, 왜 이곳에 오시게 되셨나요? 무엇 때문에 제 연에 일부러 올라 앉으신 건가요?"

별빛이 강하게 밝아졌다.

"난 올 수밖에 없었단다. 나는 아카바와 꽤 오랫동안 가깝게 지내왔었지. 그의 가장 큰 소망은 그가 사랑하는 이 지구가 그 가능성을 완전히 이루는 것을 보는 것이었어.

나는 처음에 그의 꿈에 동감하지 않았었지. 나는 때때로 지구의 사람들이 자신들의 선택 능력을 잘못 이용하여 매일 저지르는 수 많은 비행들을 지적해주곤 했단다.

그럴 때면 그는 내게 이곳의 위대한 영웅과 철인과 성인과 예언자와 작가와 발명가들에 대하여 이야기를 해주곤 했지. 또한 그는 나를 데리고 지구의 주위를 돌면서 자신과 아이들을 위해 좀 더 나은 생활을 향유하기 위해 투쟁을 하며, 인도와 희망을 필요로 하는 사십억 지구 인간들의 모습들을 나에게 보여주곤 했었지.

그는 나를 이해시킬려고 노력했었단다. 그리고 아카바의 말에 의하면 너 튤루 마티스는 모든 인간을 위한 위대한 희망의 별이 될 운명이라는 거야."

"희망의 별이요? 어머니께서도 저와 글에 대해서 그런 말씀을 하신 적이 있었어요. 하지만 그런 일이 어떻게 일어날 수 있을런지… 알 수가 없네요.

아카바 별님이 오실 때까지만 해도 저는 우리의 순록처럼 아무 목적의식도 없이 몰려다니는 무리 중의 한 사람이었어요. 그런데 아카바 별님이 제게 제 자신을 가르쳐주셨던 것이지요.

하지만 아카바 별님이 땅에 떨어졌을 때 제 꿈도 같이 죽어버리게 되었어요."

리라는 갑자기 화제를 돌려 튤루의 말을 가로막았다.

"꼬마야, 넌 나를 어떻게 하려고 하니? 나를 이 아름다운 나무 위에 놓아두고서 이 들판을 밝히게 하지는 않을 것이라고 생각하는데?"

툴루는 뒷통수를 긁적거리며 한숨을 내쉬었다.

"리라 별님, 어떻게 해야 할지 모르겠어요. 우리 가난한 마을을 위해서 또다시 별을 가져오고는 싶었지만, 여러 사람들의 말을 듣고 나니 어떻게 해야 좋을지 몹시 망설여져요.

다만 하나 확실한 것은 별님을 이곳 저곳으로 옮기게 할 수는 없다는 것이에요. 어디에든 일단 결정되면 별님은 태양이 돌아올 때까지 그곳에 계시다가 저의 연으로 다시 하늘로 되돌아가게 될 거예요.

리라는 한숨을 내쉬었다.

"난 어느 곳이든 네가 원하는 곳으로 가겠다. 하지만 나에게 선택권을 준다면 난 학교를 선택하겠어. 난 어린 아이들을 굉장히 좋아한단다.

새로 태어난 아이들은 모두가 하느님의 새로운 메시지이기 때문이란다. 이건 여자로서의 감정 때문일런지 모르겠지만 어쨌든 나는 칼발라 소년 소녀들을 위해 교실을 밝히게 된다면 제일 좋겠어."

툴루는 씁쓸한 미소를 지었다.

"이제 곧 리라 별님과도 이별하게 되겠군요."

새로운 별 '리라'

"틀루야, 내 말을 잘 들어라! 영원히 헤어지는 일이란 없단다. 언젠가 네가 다시 한번 네 어머니와 아버지와 아카바, 그리고 너와 함께 있게 될 때가 오면 아마 이해하게 될 것이다. 넌 내가 무엇 때문에 이곳에 왔냐고 물었었지?

틀루, 난 이 세계와 너를 위한 아카바의 꿈을 달성하게 함으로써 그를 기리기 위해 이곳에 온 거란다. 난 그의 선물을 네게 주려고 이곳에 온 거야!"

"크레덴더를 말씀하시는 건가요? 크레덴더를 갖고 계시나요?"

"나는 아카바가 모든 지혜들을 모으는 작업을 도와 주었단다. 그렇기 때문에 나는 크레덴더를 완전히 다 외우고 있어. 지난 주에 이곳에서 일어났던 일을 알고 있었기 때문에 나는 네가 다시 연을 날려보냈을 때 이곳으로 오지 않을 수가 없었던 거란다."

"그럼, 제게 아직 기회가 있군요! 리라 별님, 뭐라고 말씀… 와 주셔서 고마워요, 정말 고마워요!"

"잠깐 틀루, 너와 의논해야 할 매우 중요한 문제가 한가지 더 남아 있단다.

아카바는 믿음과 지혜와 진리를 갖춘 용감한 인간이라

면 이 세상을 변화시킬 수 있으리라 믿었다. 예전에도 그러했으니까 말이다.

그는 네게 크레덴더를 주고 싶어했지만, 그는 또한 네가 최선을 다하여 그의 선물을 다른 사람들과 함께 나누기를 바랐다는 것도 명심해야 한다.

자, 내게 이야기를 해 보려무나. 넌 네가 받은 선물을 어떤 방법으로 세상 사람들에게 전달할 생각이니?"

툴루는 눈을 감고 리라의 질문에 대해서 곰곰이 생각해 보았다.

"글… 가죽 표지로 묶인 글… 너의 운명은 칼발라를 초월한 곳에… 희망의 별… 위를 보라… 뻗어 나가라…"

"무슨 소리야? 뭐라고 얘기하는 거니?"

리라가 물었다.

"방법을 찾아내겠어요, 리라 별님. 꼭 약속하겠어요. 방법을 찾고야 말겠어요."

"그래 좋아. 그럼, 그 문제는 너에게 맡기도록 하지. 내일 네 초록색 장부를 가지고 이곳에 다시 와야 해. 그러면 네게 크레덴더를 한 글자씩 알려줄테니까.

그리고 나서 교장 선생님께 태양이 돌아올 때까지 나를

가지고 가도 좋다고 말씀을 드려라.

　그리고 만약 교장 선생님이 나를 필요로 하시지 않으신다면, 난 어느 곳이든지 네가 원하는 곳으로 갈 거야. 그럼 잘 자라, 틀루야."

　다음 날 아침, 틀루는 일찌감치 옷을 걸쳐 입고 바삐 들판으로 나갔다. 30분도 안돼서 아카바의 선물은 하늘에서 내려온 사자에 의해 지상의 전령에게로 안전하게 전달되었다.

제 16 장
크레덴더

영웅심과 명예와 재산에 대한 허망된 추구를 멀리하라.
탐욕과 욕망의 가련한 소용돌이로 향하는 문을 닫으면서
결코 아쉬워하지 말라.

실패와 불운의 눈물을 거두어버려라. 무거운 짐을 털어
버리고 마음이 평온해질 때까지 휴식을 취하라.

평화로움을 가져라. 지상에서 너희의 삶은 기껏해야 아득한 영원의 한 순간에 지나지 않음을 마음 깊이 새기고 하루하루의 생활에 충실하라.

두려워하지 말라. 너 자신 이외에는 지상의 그 어느 것도 너를 해하지 못하리라. 두려워하는 것을 참고 실행하여 자랑스럽게 승리를 획득하라.

너의 모든 힘을 한 곳으로 집중시켜라. 모든 것을 다 한다는 것은 한 가지도 못하는 것과 같은 것이다.

시간을 절약하라. 시간이야말로 너희의 가장 소중한 보물이기 때문이다.

목표를 다시 생각해 보라. 어떤 것에 지나치게 정력을 쏟기 전에 그것을 이미 지니고 있는 사람들이 얼마나 행복해하는지를 관찰해보라.

너희 가족을 사랑하고 축복하라. 그들이 없다면 얼마나 외롭고 그리울 것인지 상상해보라.

이루어 질 수 없는 꿈을 던져버리고, 아무리 하기 싫은 것이라도 눈앞에 있는 너의 해야할 일을 완수하라. 모든 위대한 업적은 노력과 인내로 얻어지는 것이다. 인내하라.

하느님께서 연기(延期)하시는 것은 거부하시는 것이 아

니다. 참고 견뎌라. 지속하라. 너의 주인은 항상 너의 곁에 계심을 명심하라.

선이든 악이든 간에 심은 대로 거둘 것이다. 자신의 불행을 결코 남의 탓으로 돌리지 말라. 너의 존재는 너의 선택만으로 오늘에 도달한 것이다.

가난해도 정직하게 사는 방법을 배우라. 황금을 묘지까지 가져가려는 것보다는 좀 더 가치있는 일에 관심을 가져라.

아무리 어려운 일이라도 중도에서 포기하지 말라. 두려움은 삶에 있어서 녹(綠)과 같은 것, 오늘의 짐에 내일의 짐을 추가 한다면 그 무게는 지탱할 수 없게 될 것이다.

실패를 했다고 후회하지 말고 감사를 해라. 네가 필요로 하지 않았다면 실패도 네게 오지 않았을 것이다.

항상 다른 사람에게서 배워라. 자신을 가르치려는 사람은 바보인 것이다. 주의하도록 하라.

양심을 무겁게 억누르는 일은 하지 말라. 수다장이로 가득 차 있는 세상에 살 듯이 인생을 살아가지 말라. 허풍을 삼가해라.

자기 자신에게서 자랑스러운 어떤 것이 발견된다면 자

세히 살펴보아라. 그렇게 한다면 겸손해지기에 충분한 것이 또 발견될 것이다.

지혜로와야 한다. 모든 인간이 똑같지 않다는 것을 깨달아야 한다. 자연에 같은 것이란 존재치 않기 때문이다. 그러나 모든 인간은 스스로 할 일을 가지고 태어난다.

하루하루가 마치 세상의 첫 날인 듯 열심히 일하라.

너를 부정하는 사람이라 할지라도 모든 사람을 사랑하라. 증오란 너희로서는 즐길 수 없는 사치이기 때문이다.

궁핍한 사람들을 돌보아라. 한 줌을 주는 사람은 항상 두 줌 이상을 받게 된다는 사실을 명심하라.

항상 만족하라. 무엇보다도 행복한 삶을 살기 위해서 필요한 모든 것을 다 갖고 있는 사람은 아무도 없음을 명심하라.

위를 향해 보라. 뻗어나가라. 하느님께 의지하고 자비로움과 미소로 영원으로 통하는 길을 조용히 여행하라. 그리한다면 네가 이 세상을 떠나게 될 때, 모든 사람은 네가 남긴 세상이 네가 태어났을 때의 세상보다 더 나은 곳이었다고 얘기하게 될 것이다.

아카바의 선물

제 17 장
회개

젠느는 오빠한테서 순록이 끄는 썰매의 고삐를 빼앗아 들고 썰매가 멈출 때까지 온 힘을 다해 끌어당겼다.

"오빠 무슨 일이 있어요?"

"아니, 아무 일도⋯ 왜?"

"노비스 교장 선생님께 우리 별을 드리겠다고 말씀드리

러 학교로 가는 길이지?"

"맞아."

"오빠!"

젠느는 세차게 고개를 흔들면서 소리쳤다.

"학교는 이미 지났어. 오빠, 어디 아파? 집을 떠날 때부터 아무 말도 하지 않았잖아?"

"미안하다, 젠느야."

틀루가 대답했다. 약간 낯설게 들리는 이상하게 단조로운 목소리였다.

"여러 가지 일들을 생각하고 있었단다. 언젠가는 너도 이해하게 될 거야."

틀루는 동생에게서 고삐를 돌려 받아 썰매를 되돌려서 왔던 길로 다시 향했다. 칼라(순록)의 목에 매달려 있는 방울의 흔들거리는 소리에 맞추어 새벽의 어둠을 헤치며 요란스럽게 달리는 썰매의 둘레에는 여러 마리의 개가 짖어대며 호위를 하고 있었다.

아롤 노비스는 텅빈 교실에서 혼자 책을 읽고 있었다. 젠느가 교실에 들어서자마자 외쳐댔다.

"선생님! 우리는 우리의 새 별을 학교에 두기로 결정했어요!"

너무 놀란 듯 교장 선생님의 머리가 불쑥 위로 올라갔다. 잠시 후에 그는 정신을 차렸는지 일어서서 두 학생을 품에 끌어 안았다.

"고맙다. 너희들의 그 말에 나는 정말 감격했다. 땅은 황폐하고 기후는 험악해도 칼발라가 아름다운 것은 너희와 같은 사람들이 있기 때문일 거야."

교장 선생님은 도로 의자에 앉더니 고개를 내려뜨렸다. 그의 목소리는 목메인 소리였다.

"우리는 우리가 주는 것으로 인해 부자가 되고, 우리가 가질려고 하는 것으로 인해 가난하게 되는 것이란다.

툴루야. 난 너의 집을 찾아가서 대학에 입학하도록 도와줄 테니 그 보답으로 별을 달라고 말한 뒤부터 너무나 창피스러웠다.

난 오직 사랑만으로서 너를 도왔어야 했는데… 오히려 난 이기적인 사람이 되어 나의 우정에 대가를 요구했고, 너의 장래의 대가로 네가 현재 지니고 있는 가장 소중한 것을 요구했던 거다."

톨루와 젠느는 교장 선생님이 이런 기분이 되어있는 모습을 결코 본 적이 없었다. 톨루는 교장 선생님의 손을 살그머니 잡으며 말했다.

"교장 선생님, 제가 대학에 가는 것은 염려하지 마세요. 저희는 다만 아이들을 위해서 선생님께서 우리 별을 가져 가시기를 바랄 뿐이에요. 이젠 대학같은 것은 별로 중요하지가 않아요."

아롤 노비스는 톨루를 끌어당겨 다시 한 번 껴안았다. 그리고 나서 교장 선생님은 그의 대견스러운 제자를 물끄러미 쳐다보며 입을 열었다.

"얼굴이 몹시 상기되어 있구나. 그리고 눈도 충혈되어 있구. 톨루, 정말 괜찮겠니?"

"네, 그저 피로할 뿐이에요. 선생님, 우리 별을 가져 가시겠어요?"

교장 선생님은 미소를 머금었다. 그리고 그는 완강히 고개를 저었다.

"그럴 필요없다. 하지만 네가 준비만 되면 대학에 들어갈 수 있도록 너를 도와주겠다.

별에 관해서는… 교회로 가져가는 것이 좋을 것 같구나.

칼발라에서 그곳만큼 그 별에 적합한 장소는 없을 거야. 첫 번째도 그랬지만, 이번에도 너의 연을 인도하신 것도 하느님의 손길이었지 않니. 하느님의 것은 하느님한테로 돌아가야 한다고 생각한다.

우리 학생들은 항상 그랬듯이 견뎌낼 거야. 그리고 해가 다시 뜨게 된다면 모두 과외로 공부를 더 많이 할 거야. 사랑의 결핍만을 제외하고는 어린이들은 어느 곳에도 적응을 할 수가 있단다. 그리고 우리 민족에게는 사랑의 마음이 결코 사라지지 않을 거야."

툴루와 젠느는 밖으로 나와 썰매에 올라탔다. 학교 문 앞에서 교장 선생님이 다시 한 번 말했다.

"하느님의 것은 하느님께 돌려드려야 한다!"

교장 선생님은 고개를 끄덕이면서 손을 흔들었다.

브졸크 목사는 혼자서 교회의 맨 앞 줄에 앉아 있었다. 제단 위에는 작은 양초 한 자루가 타고 있었다.

"오, 귀여운 아이들아. 너희들을 보게 되어 정말 반갑구나. 난 여기 오랫동안 앉아서 하느님께 내 죄를 용서해 달라고 빌고 있었단다. 시간이 얼마나 지났는지 모르겠

회개

구나…."

젠느는 이해할 수가 없었다.

"목사님의 죄를 말이에요?"

"그렇단다."

슬픔에 찬 음성으로 목사가 대답했다.

"나는 하찮은 나의 이익에 눈이 어두워 평생토록 설교해 왔던 것을 잊었던 거란다.

양초와 연료가 거의 다 없어지게 되자 나는 믿음을 잃어 버린 채 우리 교회가 이 짧은 어둠의 시련을 견디지 못할 것이라고 생각했던 거야. 수백 년에 걸친 암흑의 시기에서 도 살아 남아 왔는데 말이다.

아카바의 선물

나보다 더욱 그 별이 필요한 사람이 그렇게 많이 있는데도 나는 너의 별을 달라고 간청까지 했었지. 이 나이에 내가 그토록 끔찍하게 이기적인 사람이 되다니… 오 주여, 저에게서 악마를 없애주소서."

툴루와 젠느는 몸을 떨며, 브졸크 목사가 그들에게 교회에 온 이유를 묻기 전에 뒷걸음질을 쳐 교회 밖으로 빠져나갔다.

또한 말리 의사도 별을 갖지 않겠다고 했다. 오늘 아침에 시장에게서 약간의 연료를 받았는데 그것이면 등잔과 난로를 적어도 1주일 동안은 더 켤 수가 있을 것이라는 것이었다.

그는 젠느와 툴루에게 진심으로 감사를 하면서 결코 그들의 호의를 잊지 않겠다고 말했다.

그리고 그는 개인적으로 라베그 씨와 그의 장사하는 수법을 좋아하지 않지만 이 마을에서 그의 상점은 상당히 중요한 역할을 한다는 말도 했다.

결국 툴루와 젠느는 라베그 씨의 상점에 도달했다. 상점

안의 계산대 앞에서 톨루는 라베그 씨에게 말했다.

"라베그 아저씨, 우리는 태양이 다시 뜰 때까지 우리 별을 아저씨네 상점에 놓아두기로 했어요."

라베그 씨는 신이 나서 낄낄거리며 웃어대기 시작했다. 그렇게 낄낄거리다가 그는 기침이 나와 거의 엎어질 뻔하기도 했다.

겨우 숨을 돌린 그는 계산대 뒤에서 나와 두 아이의 뺨을 토닥이며 말했다.

"너희들은 정말 현명한 아이구나! 정말 똑똑해! 더구나 계산도 빠르니 말이야. 난 너희들과의 약속을 꼭 지키겠다. 나를 믿어다오! 이번 결정은 절대로 후회하지 않을 거야."

"아저씨!"

젠느는 라베그 씨의 주의를 끌기 위해 깡총깡총 뛰었다.

"오빠와 저는 아저씨에게 돈을 바래서 말씀드리는 것이 아니에요. 이 마을 사람들이 어두운 곳에서 물건을 사지 않도록 아저씨에게 우리 별을 빌려 드리는 것 뿐이에요."

상점 주인의 얼굴에서 미소가 사라졌다. 그는 두 아이를 뚫어질 정도로 노려보았다.

아카바의 선물

"뭐라고 했니? 돈이 필요없다고? 별의 댓가로 아무것도 원하지 않는다고? 도저히 이해할 수가 없구나. 왜, 무엇 때문에 그러냐?"

툴루는 시선을 떨구며 말했다.

"우리는… 그 별을 학교에 드리고 싶었어요."

"그건 어리석은 짓이야."

라베그 씨가 딱 잘라 말했다.

"노비스 선생은 너희들에게 아무것도 줄 수가 없지. 아무것도!"

"우리는 아무것도 바라지 않았어요. 노비스 선생님께서 말씀하시길 고맙지만 그 별을 브졸크 목사님의 교회에 주라고 하셨어요. 그리고 브졸크 목사님께서는 그 별을 달라고 요청했던 것이 부끄럽다고 하시며…

그래서 우리는 병원으로 갔지요."

"그리고 말리 역시도 거절했단 말이냐?"

라베그는 당황해 하며 소리를 쳤다.

"그 별이 무엇이 잘못된 걸까? 너희들이 숨기고 있는 것이 있지?"

"아무것도 없어요. 그건 아름다운 별이에요."

"으흠… 알 수 없는 일이야, 모를 일인데. 그 별이 몹시 갖고 싶긴 하지만… 무엇 때문에 모두들 그걸 거절했을까? 브쫄크, 노비스, 그리고 말리는 똑똑하지는 않지만 바보는 아니란 말이야.

이곳에 더이상 말썽이 일어나서는 안 되지… 어쨌든 간에 괴상한 물체는 폭발을 할지도 모르지… 아니면 이곳을 태워버릴지도 모르고.

무슨 일이 발생할지 알게 뭐람! 결국 우리가 별에 관해서 알고 있는 것이 어느 정도란 말인가?"

"그들이 우리에 대해 알고 있는 것 만큼은 모르지요."

"뭐라고? 뭐라고 말했니?"

툴루는 천정을 올려다보며 대답하지 않았다.

라베그는 화가 치밀어 낡은 계산대의 서랍이 튀어나올 정도로 계산대를 마구 두들겼다. 그는 신경질적으로 계산대의 서랍을 닫으면서 소리를 질렀다.

"그런 모험을 할 수는 없지. 그것 때문에 평생 동안 모아두었던 재산을 다 잃게 될지도 모르지 않나! 자칫하면 나까지 죽을지 몰라!

아카바의 선물

난 생각이 바뀌었다. 네 별은 필요가 없어. 자, 이제 그만 나가거라! 너희들 때문에 이미 많은 고통을 당했다구!"

툴루와 젠느는 계속 노래를 흥얼거리면서 집으로 돌아왔다. 잠자리에 들기 전에 그들은 식탁 앞에 앉아 커피와 케이크를 먹으면서 곰곰이 생각한 끝에 별을 집 안으로 들여다 놓는 것은 옳지 못한 행동이라는 결정을 내렸다.

그 대신에 그들은 7주일 동안 그들의 빛나는 손님을 칼발라의 모든 사람들과 함께 만끽했다.

눈보라가 그치면 아이들은 그 들판으로 놀러 왔다. 아롤 노비스 교장 선생님은 나무 부근의 따스한 곳에서 수업을 했고, 브졸크 목사님도 그곳에서 주일 예배를 가졌다.

심지어는 라베그 씨까지도 필수품을 썰매에 싣고 와서 나무 근처에서 장사를 했다.

그러던 어느 날에… 지평선 위로 황금빛의 작은 원을 그리며 태양이 떠올랐다. 툴루는 드디어 리라 별님과의 약속을 지킬때가 왔음을 깨달았다.

그의 튼튼한 빨간 연만 있다면 리라 별님을 다시 하늘로 돌려보내는 일은 그리 어렵지 않을 것이다.

　문제는 크레덴더를 어떻게 온 세상의 사람들과 함께 나누느냐는 것이었다. 그러나 크레덴더와 함께 일주일을 생활해온 그는 성공할 수 있는 확실한 방법은 단 하나 뿐이라는 사실을 알고 있었다.

　우선, 그는 자기 자신을 통하여 칼발라의 마을 사람들에게 굉장히 귀중한 그 보물을 전달해야만 했다.

　그렇게 한다면 마을 사람들은 그들 나름대로 적당한 시기에 점차 그 아카바의 선물을 전 세계의 사람들에게 선사할 것이다.

제 18 장
별 리라를 따라간 툴루

리라가 지상에 내려왔던 그날처럼 들판은 또다시 마을
사람들로 가득 차게 되었다.

어느새 리라가 떠날 시간이 된 것이다. 마치 장례식 전
에 교회 밖에 서 있는 모습처럼 사람들은 미소를 잊은 채
무리를 지으며 조용히 서 있었다.

툴루의 눈에는 짙은 그림자가 덮여 있었다. 그는 노끈과 밧줄을 한 뭉치 말아들고서 별나무의 가지를 밀치며 리라에게로 올라갔다.

"이봐, 툴루. 슬퍼할 이유가 없지 않니? 우린 다시 만나게 될 거야."

위로를 하려는 듯 리라가 속삭였다.

"알고 있어요."

"툴루야, 목소리도 얼굴 표정도 무척 이상해 보이는구나. 마치 어떤 꿈을 꾸고 있는 것 같은 모습이야. 오늘 일을 잘 해낼 수 있겠니? 괜찮겠니?"

"괜찮아요, 리라 별님. 아무 염려마세요."

"그렇다면 웃어야지. 마치 세상이 끝나기라도 한 듯한 표정은 짓지 말아라."

툴루는 고개를 끄덕였다.

그는 별의 둘레에 밧줄을 감아 여러 군데를 묶었다.

리라가 물었다.

"크레덴더를 세상 사람들에게 어떤 식으로 알릴 것인지에 관해서 생각 좀 해 보았니?"

"저를 믿으세요, 리라 별님. 제게 계획이 있어요."

"난 정말 널 믿는다. 지난 몇 주일을 함께 보낸 뒤로는 더욱더 말이야. 난 아카바를 대신하여 너를 가르치러 이곳에 왔었지. 그런데 오히려 너에게서… 그리고 다른 사람들을 관찰하면서 많은 것을 배웠단다.

아카바의 말이 옳았던 거야. 지상의 사람들이 필요로 하는 것은 단지 그들을 인도할 빛 뿐이야. 네 어머니의 말씀대로 희망의 별을 필요로 하는 거지.

자, 이젠 작별을 고해야 되겠구나. 난 너를 사랑한다, 툴루."

"저두요. 리라 별님."

툴루는 별 둘레를 묶은 네 가닥의 밧줄을 아래에 있는 삼촌에게 던져 주었다. 발노 삼촌은 밧줄을 하나씩 연살에 묶었다. 툴루는 말없이 별을 다시 한번 어루만진 후에 나뭇가지를 타고 땅으로 내려왔다.

툴루는 마지막 밧줄이 연줄에 단단히 묶여지기를 기다리면서 삼촌에게 물었다.

"발노 삼촌, 저에게 무슨 일이 생기면 젠느를 잘 보살펴

211

별 리라를 따라간 툴루

주시겠지요?"

발노 삼촌은 어리둥절한 표정을 지으며 조카에게로 돌아섰다.

"물론이지. 네 숙모와 나는 항상 너희들이 우리와 함께 살기를 원하지 않았니? 그런데 왜 그런 질문을 하지?"

"그저 궁금해서요."

"자, 그런 일에 궁금해 하는 것은 그만두고, 바람이 좋을 때에 어서 일을 끝마치도록 하자."

틀루는 절룩거리면서 젠느에게로 갔다. 동생은 커다란 노끈 뭉치에서 노끈을 열심히 풀고 있었다. 그는 몸을 숙여 젠느의 두 손을 쥐고 자신의 가슴에 갖다대었다.

"젠느, 내 초록색 장부가 어디에 있는지 아니?"

"알고 있어. 오빠 옷장의 제일 큰 서랍에 있잖아? 그런데, 왜?"

"혹시 내게 무슨 일이 생기면 그 장부를 노비스 교장선생님께 갖다 드리겠다고 약속해 주겠니? 선생님이라면 그걸 어떻게 해야 할지 아실 거야."

"알겠어. 그렇지만…."

틀루는 싱긋 웃으며 어린동생의 콧등에 입을 맞추었다.

그리고 나서 그는 서둘러 나무 아래로 돌아갔다. 나무는 훈훈한 서풍을 맞으며 휘청거리고 있었다. 이제 모든 준비는 다 끝난 것이다.

조카의 신호와 동시에 발노는 연을 들어올려 하늘로 날려 보냈다. 거센 바람에 연의 붉은 천이 큰 소리를 내며 퍼덕거렸다. 발노 삼촌은 얼른 고개를 돌려 나뭇가지 사이의 별을 응시하였다.

은빛 별에 감긴 네 가닥의 밧줄이 팽팽해졌다. 연은 세차게 하늘로 치솟았다. 이윽고 별은 나뭇가지 사이에서 마치 분홍과 은빛의 시계추처럼 가볍게 움직이면서 빨간 연의 뒤를 따라 점점 높이 군청색 하늘로 올라갔다.

한 사람만을 빼고는 모든 사람의 시선이 별을 향하고 있었다.

툴루는 주머니에서 사냥용 칼을 꺼내 들었다. 그는 빠른 동작으로 연에 매어진 밧줄을 자신의 허리에다 여러 번 감아 단단히 묶었다. 그리고 나서 그는 허리 아래의 밧줄을 사냥용 칼로 단번에 끊어버렸다.

젠느의 비명소리가 제일 먼저 터져 나왔다.

"오빠, 오빠!"

별 리라를 따라간 불루

젠느는 삼촌에게로 달려가 그의 가슴을 미친 듯이 두드렸다.

"발노 삼촌, 오빠를 붙잡아요! 오빠를 살려 주세요! 어떻게 좀 해 봐요!"

발노 삼촌은 젠느를 가슴에 끌어 안은 채 두려운 마음으로 그의 어린 조카가 자신이 사랑하는 별과 연의 뒤를 따라 하늘로 날아 올라가는 모습을 지켜 볼 수밖에 없었다.

점점 짙어가는 황혼과 함께 반짝이던 별마저도 곧 시야에서 사라져 버렸다. 이제 공포에 질린 칼발라 주민들의 눈에 보이는 것이라고는 이른 봄날 저녁의 지평선 너머에 떠오른 몇 개의 반짝이는 샛별들 뿐이었다.

제 19 장
가장 행복한 날

툴루가 하늘로 사라진 뒤 슬픔에 빠진 젠느가 전해 준 초록색 장부를 아롤 노비스 교장 선생은 2개월이 지나서야 비로소 펼쳐 볼 수가 있었다.

그 장부의 각 페이지마다에 기록된 어린이다운 일기의 내용이 전해주는 놀라운 의미는 아롤 노비스 교장에게 있어서 혼자서는 감당할 수 없는 무거운 짐이 되었다. 그래서 그는 시장에게 요청하여 마을 의회를 긴급히 소집했다. 의원들은 조용히 아롤 노비스 교장선생이 읽어주는 일기의 내용을 들었다. 물론, 크레덴더도 포함되어 있었다.

언제나 그러했듯이, 이번에도 라베그 씨가 제일 먼저 입을 열었다.

"여러분! 만일 이 문제를 잘만 이용하여 선전한다면, 우리 마을은 전 핀란드 아니 전 유럽에서도 가장 유명한 관광명소가 될 겁니다!

인아리의 박물관, 카리강 스니에미 부근의 사금광, 타나강의 연어잡이, 바르데후스 고성(古城)… 이제 이런 것들은 칼발라의 새로운 관광명소에 견준다면 하찮은 것이 될 것입니다.

별 덩어리와 별 나무를 만져보고 툴루가 살던 집을 구경하기 위해 이제 세계도처에서 몰려들 수 천 수 만의 관광객을 수용하려고 많은 호텔과 상점, 그리고 비행장이 세워질 것입니다.

그리고 돈! 관광객들은 돈을 가져올 겁니다. 단지 기념

품 판매소만 해도 백만 장자가 되겠지요!"

브졸크 목사가 말했다.

"그 들판에는 라우데에 있는 것보다 훨씬 거대한 교회가 세워질 것입니다."

반 그리빈 시장은 기쁨에 넘쳐 소리쳤다.

"우리 마을은 전 유럽의 북부 지방에서 가장 큰 도시가 될 것입니다!"

아롤 노비스 교장선생도 말했다.

"그리고 우리의 새 학교는 전국에서 가장 시설이 훌륭한 학교가 될 것입니다."

결국 그들의 공상을 깨뜨리게 한 사람은 시장이었다. 그는 의원들에게 칼발라 외부의 사람은 어느 누구도 이 마을에서 발생했던 그 신기하고 놀라운 사건을 알지 못한다는 사실을 상기시켰다.

그는 칼발라의 기적을 전 세계 사람들에게 적절히 전달해줄 방법을 찾아내지 못한다면, 그들의 멋진 꿈은 하나도 실현될 수 없다는 점을 일깨워 주었다.

브졸크 목사도 시장의 의견에 동의했다.

"결국 틀루가 자신의 생명을 희생한 것도 그런 이유가 아니었겠습니까?

내 견해가 종교적이라면 용서해 주십시오. 하지만 우리의 어린 소년이 그토록 훌륭한 희생을 한 것은 우리 민족으로 하여금, 더 나아가서는 전 세계 사람들로 하여금 아카바의 선물 속에 들어있는 사랑과 동정이라는 위대한 진리를 깨닫게 하려 했던 것이 아니었겠습니까?

옛날 옛적에 베들레헴에서 아카바의 빛을 받으며 탄생했던 그 아기도 우리로 하여금 하느님의 왕국이 진실로 우리에게 가까이 있음을 일깨워 주기 위해 자신의 육신을 포기했던 것이 아니었겠습니까?"

꽤 오랜 시간에 걸친 토론 끝에 결국 아롤 노비스 교장에게 유급휴가를 주어 마을의 경비로 즉시 헬싱키에 파견시키자는 결론이 내려졌다.

헬싱키에서 아롤 노비스 교장선생이 칼발라의 기적을 그곳의 유명한 신문, 잡지, 방송국 측에 알리기로 한 것이었다.

라베그 씨는 세계의 작가들이 글을 쓰기 위해 칼발라로

찾아오기 전에 칼발라의 지명을 좀더 멋진 것으로 수정하
자는 제안을 했다.

　이 제안은 만장일치로 통과되었지만, 반 그리빈 시장이
지명의 변경에 필요한 법적 절차를 확인할 때까지는 연기
하기로 했다.

　3주일 후가 되자, 아롤 노비스 교장은 헬싱키로부터 기
진맥진한 상태로 돌아왔다.

　그는 핀란드에서 가장 규모가 큰 신문인 《사모마트》지
의 편집장 2명을 만나 보았는데, 그들은 그의 얘기를 끝까
지 들으며 여러 가지를 기록하더니 웃음보를 터뜨리면서
아롤 노비스 교장에게 어느 누구도 믿지 않을 터무니없는
이야기로 그들을 속이려 한다고 비난을 했다는 것이다.

　그 초록색 장부책을 보고도 그들은 모두가 꾸며낸 거짓
이야기라고 일축해버렸다는 것이었다.

　별이 땅으로 내려오다니! 더군다나 말하는 별이? 그들
은 아롤 노비스 교장에게 환각증세가 있느냐고 묻기 조차
했다는 것이다.

　그리고 《우시 수오미》지의 어느 기자는, 그 이야기가 관

광객과 황량한 동토지에 토지 투기꾼들을 끌어모으기 위한 기발한 방법이라고 아롤 노비스 교장을 비난했다.

그는 아롤 노비스 교장에게 칼발라의 원로들이 그런 계획을 짜낸 데 대해서 지대한 경의를 표한다면서 비아냥거렸다고 말했다. 그러면서 그는 그러한 사기극에 휘말려들어 신문사의 명예를 훼손시킬 수는 없다고 말했다.

어느 라디오 방송국의 해설 위원은 그 마을과, 별 덩어리, 그리고 별 나무에 관해 선전을 해 줄 의향을 약간 비추었다. 그러나 물론, 댓가를 지불해야만 하는 것이었다.

아롤 노비스 교장의 이야기나 초록색 장부책에 기록된 것을 믿으려고 하는 사람은 아무도 없었다는 것이다.

시장과 의회 의원들은 묵묵히 아롤 노비스 교장의 보고를 듣고만 있었다. 보고가 끝나고 시장이 이 비극적인 사태에 대해 각 위원들의 의견을 언급해 줄 것을 요구했음에도 한동안 아무도 입을 열지 않았다.

드디어 브졸크 목사가 일어나서 목청을 한 번 가다듬고 입을 열었다.

"여러분, 이루어져야 할 일은 이루어지는 법입니다. 하느님께서, 칼발라 혹은 그 주민들로 하여금 이 문제에 더 깊게 관여시키려는 계획을 갖고 계시지 않은 것이 확실합니다. 아마 아직 적당한 시기가 되지 않은 것인지도 모르겠습니다.

그러나 나는 언젠가는 우리가 생각해 낼 수 없는 어떤 방법에 의해 튤루의 소망은 이루어질 것이며, 크레덴더의 얘기는 튤루의 용기와 사랑에 대한 영원한 기념물이 될 것이라고 확신하고 있습니다.

그러나 우리들이 튤루에게 커다란 빚을 지고 있다는 것은 아무도 부정할 수 없을 것입니다.

그렇기 때문에 나는 그 나무 밑, 떨어진 별 곁에 기념비를 세워 우리의 용감한 튤루의 넋을 영원히 기원해 주기를 제안하는 바입니다. 또한 나는 그 기념비를 만드는 비용은 칼발라의 모든 주민이 분담해야 한다고 생각합니다."

목사의 제안은 즉시 동의를 얻어 통과되었으며, 시장은 기념비의 비문이 정해지는 대로 괴테볼그에 있는 조각가 친구에게 부탁하여 비문을 새기도록 하겠다고 말했다.

비문을 짓는 작업은 아롤 노비스 교장에게 부여되었으며, 그가 지은 비문은 다음 번 회의에서 만장일치로 통과

가장 행복한 날

되었다.

틀루가 하늘로 올라간 지 1주년이 되는 날, 들판은 또다시 칼발라의 남녀노소로 들끓게 되었다.

시장과 목사의 간단한 인사의 말이 끝나자 발노는 그의 조카 젠느를 데리고 나무 아래의 기념비 옆으로 다가섰다. 기념비는 교회에서 빌린 자줏빛 우단 제단보로 덮여 있었다.

젠느는 두려운 표정으로 그녀의 삼촌을 쳐다보았다. 발노 삼촌은 애처로운 얼굴로 기념비를 덮은 천을 가리키면서 고개를 끄덕였다.

아카바의 선물

젠느는 한 발자국 앞으로 걸어가 우단보의 한 쪽 모서리를 잡아당겼다.

그녀의 키 절반 정도 되는 가느다란 사각형의 화강암 비석이 그 모습을 드러냈다. 사람들이 가까이 다가왔다.

젠느는 비석 앞에 무릎을 꿇어 앉아 그녀의 오빠 이름과 그 아래 새겨진 비문을 천천히 읽어 내려갔다. 그 비문은 2천여 년 전에 한 사람의 오빠를 잃은 누이를 위로하기 위해 쓰여진 문장이었다.

툴루 마티스 1947~1961
네 오라비의 휴식을 슬퍼하지 말라.
그는 드디어 자유롭고 편안하게 되었도다.
불멸의 생(生)을 얻어 영원한 하늘나라로
기쁘게 날아갔노라.
그는 이 속세의 땅을 떠나 육신의 사슬에서 벗어난 영혼을 받아들이는 행복한 나라로 날아갔노라.
네 오라비는 낮의 빛을 잃은 것이 아니며 다만 더욱 영원한 빛을 얻었노라.
그는 우리로부터 떠난 것이 아니라 다만 과거로 돌아갔노라.

– 세네카 –

가장 행복한 날

툴루의 초록색 장부책 일기장은 노비스 교장 선생 댁의 거실에 있는 책장 꼭대기에서 여러 해 동안 먼지가 쌓인 채 놓여져 있었다.

어느 날 아롤의 아내 킬스티가 그 책을 이제 곧 테노 반 그리빈과 결혼을 하게 되는 젠느에게 결혼 선물의 하나로 돌려주는 것이 어떻겠느냐는 제안을 남편에게 했다.

젠느는 착잡한 심정으로 초록색 장부를 받아들었다. 그 책에 대해서는 한 순간도 잊었던 적이 없었지만, 오빠를 잃은 슬픔의 상처를 또다시 건드리고 싶지 않았던 것이다.

그녀는 그것을 펼쳐보지도 않은 채 트렁크 안에 챙겨넣 었으며, 결혼식이 끝난 뒤에 그 트렁크는 젊은 부부와 함 께 헬싱키로 운반 되어졌다.

대학을 졸업하는 것과 동시에 테노는 헬싱키의 어느 법 률 사무소에서 일하게 되었던 것이다. 젠느는 자신의 가옥 과 토지를 그녀의 시아버지에게 팔아 넘겼고, 들판은 그 마을에 기증하였다.

그리고 그 들판은 '별 나무 공원' 이라고 불려지게 되 었다.

헬싱키로 이사온 지 2년째 되는 해에 젠느와 테노 사이에서 여자 아이가 태어났다. 아기에게는 외할머니의 이름을 본따서 잉가라는 이름이 붙여졌다.

아이들은 항상 그렇지만, 잉가도 또한 그녀의 부모에게 행운을 안겨다 주었다.

테노는 핀란드 UN대표단의 고문직을 맡게 되었고 4년 후에는 사회, 문화 문제를 담당하는 UN 총회의 상임위원회에서 일하게 되었다. 그들은 뉴욕으로 이사를 하게 되었고, UN 본부 부근인 이스트 리버 가(街)의 발코니가 있는 작은 아파트에 세 들었다.

초록색 장부책은 다시 한번 가방에서 꺼내어져서 벽장 선반 위에 놓여지게 되었다.

어느 따스한 봄날 저녁에 젠느와 테노는 발코니에 앉아 이스트 강의 검푸른 물 위를 떠내려가는 어선들의 깜빡거리는 불빛을 한가로이 지켜보고 있었다.

잉가가 어머니의 무릎 위로 기어올라 하늘의 별들을 쳐다보며 말했다.

"엄마, 틀루 삼촌과 그 별들의 이야기를 한 번만 더 들려

가장 행복한 날

주시겠어요?"

젠느는 고개를 저으면서 그녀의 남편 쪽을 바라보았다. 그는 만족스러운 듯이 파이프를 빨며 못 들은 척하고 있었다.

"잉가, 벌써 백 번도 더 얘기해줬잖니? 이젠 네가 엄마보다 더 잘 알고 있을 텐데 왜 그러니?"

금발의 작은 머리가 어머니의 품안으로 더욱 깊숙이 파고 들어왔다.

"괜찮아요. 다시 한 번 더 들려주세요, 어머니."

젠느가 칼발라로 찾아온 두 번째의 별 이야기를 들려줄 때쯤 잉가의 눈은 감겨져 있었다.

"이제 잠이 오는가 보지?"

"아직 자지 않아요."

품에 안긴 채 잉가가 속삭였다. 그러더니 잠시 후 자그마한 손이 젠느의 얼굴 위로 올라왔다. 하나의 손가락이 하늘을 가리키고 있었다.

"저길 보세요, 어머니 아버지! 툴루 삼촌의 연이 있잖아요! 툴루 삼촌의 연이 보여요!"

젠느의 안색이 창백해졌다. 그녀는 앉은 채 몸을 펴고

눈을 가늘게 뜨며 그녀의 어린 딸이 손가락으로 가리키고 있는 밤하늘을 응시하고 있었다. 어린 딸이 발견한 것이 무엇인지를 알게 된 테노는 웃음을 터뜨렸다.

그는 의자에서 일어나 잉가의 옆으로 가 발코니 바닥에 앉으며 한 손으로 아내의 손을 살며시 잡았다.

"아니란다, 아가야. 저건 툴루 삼촌의 연이 아니야. 저기 있는 일곱개의 별은 '큰 국자'라고 불리우는 별이란다. 자, 저 모양을 관찰해 보려므나. 세 개의 별은 손잡이고, 네 개는 네모난 국자처럼 보이지? 맞지?"

"저건 국자가 아니에요, 아빠. 아니란 말이에요! 저 별은 툴루 삼촌의 연이에요. 맞죠, 어머니?"

젠느는 거의 들릴까 말까할 정도로 가느다랗게 속삭였다.

"모르겠구나, 잉가야. 모르겠어…."

"저 별은 툴루 삼촌의 연이에요. 보세요! 저기 저 별 네 개는 연의 모서리이고, 그 뒤의 세 개는 꼬리잖아요. 보세요, 아빠."

테노는 한참 동안 그의 딸의 어깨 너머로 젠느를 쳐다보았다. 젠느가 힘없이 고개를 끄덕였다.

"그렇구나, 잉가야. 이제서야 보이는구나. 네 말이 맞다.

가장 행복한 날

저 별은 툴루 삼촌의 연이야."

테노가 말했다.

갑자기 아이의 손이 다시 한 번 올라갔다.

"이젠 툴루 삼촌이 보여요. 툴루 삼촌이 선명하게 보인 단 말이에요!"

젠느는 양 손을 입가에 갖다대며 외쳐댔다.

"잉가, 제발. 이젠 그만 하려므나!"

"하지만 보이는 걸요, 어머니. 정말 툴루 삼촌이 보여요! 보세요! 꼬리의 별 세 개 가운데에 있는 별이 보이지요?"

"보이는구나!"

"그 가운데의 별 옆에 작은 별이 또하나 있잖아요. 보이 지요? 저 별이 툴루 삼촌이에요! 툴루 삼촌이 아직도 연에 매달려 있는 거예요!"

젠느는 눈물이 고인 눈으로 꼬리의 가운데에 있는 별을 쳐다보았다. 이윽고 그녀가 외쳤다.

"이런 세상에! 테노, 정말 또다른 작은 별이 있어요. 보 세요, 여보!"

테노는 아내의 어깨를 힘껏 안았다. 대답을 하는 그의 목소리는 목메인 목소리였다.

아카바의 선물

"보지 않아도 알고 있어요, 여보. 손잡이에는… 아니 잉가가 말한 대로 꼬리에는 별이 세 개가 있지. 천문학에서는 아랍어로 그 세 개의 별을 각각 '알카이드' '미잘' 그리고 '알리오스' 라고 부르고 있소.

가운데의 '미잘' 옆에는 육안으로 잘 보이지 않는 아주 작은 별이 있지. 그 별은 '알코' 라고 불리우고 있소. 젠느, 당신은 아랍어로 '알코' 가 무슨 의미인지 알고 있소? 내가 가르쳐 드리리다.

그건 '매달려 있는 사람' 이라는 뜻이오."

엄마의 울먹이는 소리에 잉가는 겁이 났다. 잉가는 자신의 조그마한 두 손으로 엄마의 부드러운 뺨에 흘러내리는 눈물을 열심히 닦아냈다.

"울지 마세요, 엄마. 슬퍼하시면 안돼요. 오늘은 우리의 가장 행복한 날이에요. 오늘 밤에 우리는 툴루 삼촌을 발견했잖아요?

우리가 살아있는 한 툴루 삼촌은 저기 위에서 항상 우리를 지켜줄 것이니까요."

당신도 하늘을 우러러 보면 당신의 눈으로… 그리고 당

신의 마음으로 툴루를 발견할 수 있을 것이다. 그리고 그 초록색 장부책에 쓰여진 얘기는 실현될 것이다.

이제 그 비밀이 당신의 일부가 되고… 그것은 영원의 왕국에서까지도… 영원히 당신과 함께 있게 될 것이니….

아카바의 선물